까치와 플라타나스

심종숙 제3시집

새로운 세상의 숲
신세림출판사

까치와 플라타나스

심종숙 제 3시집

나는 기다린다, 아직 만나지 못한 그 사람을. 내가 시를 쓰는 이유는 그 사람을 만나기 위해서다. 기다리다 고독하고 지루하기에 나는 시를 쓰면서 시간을 보내려고 한다. 그 사람이 오지 않아도 좋다. 그 사람이 와도 좋다. 다만 그를 기다리는 나는 플라타나스 나무를 바라보면서 여기 앉았다 저기 앉았다 하는 한 마리 까치가 된다. 하늘 아래 한 그루 플라타나스와 두 마리 까치, 그들이 지어놓은 까치집이 나는 그저 부러웠다. 그 까치집은 소박하면서도 견고하였다. 생나무 가지와 죽은 나뭇가지로 얼기설기 지은 듯한 그 집은 비가 내리고 바람이 불어도 눈이 내려 얼어도 끄떡없었다. 어떻게 저렇게도 튼튼하랴. 나는 감탄하였다. 언젠가 잎들이 모두 지고 빈 나무에 걸린 까치집을 보면서 나는 오래오래 그 안에 깃든 사랑을 느꼈다. 세상 사 아무리 원하는 방향으로 다 되지 않았다고 해도 한 채의 둥그런 까치집이 나에게 보여준 것은 사랑만이 삼라만상을 구경(究竟)에 이르게 한다는 진리를 가르쳐 주었다.

겨울날 메마르고 차가운 바람 속에서도 두 마리의 까치는 서로의 깃털을 맞대고 품어주면서 엄혹한 시절을 보내고 있었다. 그 따스함은 겨울날의 정오에 모락모락 아지랑이 피어나는 태양과 어찌나 닮았는지 나는 그저 바라보는 것으로도 사랑과 평화, 생명의 숨이 내게로 흘러들어 오는 걸 느꼈다. 나는 충만감으로 마음이 하늘 높이 뛰놀고 있었다.

2022년 4월에

삼각산 아래에서 심종숙

차례

집을 위하여

제 1부 영덕 홍게

차례

사랑을 위하여

제 2부 까치와 플라타나스

차례

구원을 위하여

제 3부 빨간 크레용 태양

집을 위하여

제 1 부

영덕 홍게

봄날

　돌아오지 않는 날들 기다리다 긴 하품이 나오는 봄날, 졸음이 밀려와 눈가에서 파도칠 때 물결에 묻혀서 아득히 잠수하여 소리없이 바닥에 이른다 조류의 힘 미치지 않는 바닷속으로 돌진해오는 고기떼들, 빳빳이 서 있는 수초들을 헤치고 시야에서 멀어진다 꽃 피지 않아 상춘객들 떠들썩한 소리 들리지 않는 적멸보궁 수중에서 가장 깊은 잠을 잔다 꿈 속에서 고향의 앞산 참꽃을 한 아름 안고 산을 내려와 꽃내 맡으며 책상에 앉아 뒷동산의 무덤을 바라본다 일기장에 '우울하다'라고 쓴다, 문득 잠에서 깨니 눈가가 젖어 있다 바닷물의 짭짤한 맛이 난다

Angst

이를 물어본다 가족들의 얼굴이 스쳐가고 더 꽉 물어
본다 그러다, 이끼리 빗나간다 삐걱소리가 귀에 들린다
마른 입에 침 삼키고 다시 한번 이를 물어본다 딱 마주
친다 아랫니 웃니 서로 양보하지 않고 밟는다 턱이 아
프고 관자놀이가 빠질 듯하다 입 안에는 이가 없고 하
나의 큰 못이 기둥처럼 박혀 무거운 머리를 받치고 있
다 턱이 당겨지고 목에 힘이 들어가고 어깨가 굳어진다
불안이 빳빳이 서기 시작한다

무좀

내 발가락에 무좀으로 봄이 왔다

겨울 동안 피부 안에서 균을 키우더니 모반하러 왔다

앞뒤가 꽉 막힌 검정 가죽 구두 안에서 싹을 틔우더니 껍질을 뚫고 나오려 한다 가려워 손으로 긁으면 물집이 되어 터지는 봄봄 가만 있을 수 없어 PM을 샀다 발가락에 하루에 두 번 바르니 저녁엔 흰 껍질이 벗겨지고 정체를 들어내는 놈이 벌겋게 충혈된 눈을 부라리며 최후의 발악을 한다 가증스런 놈의 숨통을 끊으려고 자기 전에 한 번 더 바른다

기대해 본다 내일 아침에 죽은 놈의 허연 비늘을

파·1

파를 썰다가 왼쪽 집게손가락의 손톱 한 쪽을 베였다
지독한 파내에 눈물 흘리다 그리 되었다
꿈속에서 파가 나와서 말한다
내 몸이 칼에 썰리는 것보다 당신이 더 아플까요
난 더 아프다고 떼를 써본다
그랬더니 파는 파파파 웃더니
그럼 우리 역할을 바꿔 볼까요
당신이 내가 되고 내가 당신이 되는 거죠
어때요 해 볼래요 한다
난 엉겁결에 그러자고 했다
파가 나를 썰기 시작했을 때
아아 소리 지르다 난 벌떡 일어났다
어둠 속에서 손가락을 내려다보고
한숨을 쉬었다
내일 아침 두부된장국엔
파를 넣지 않을 거다

파·2

난 독한 종족이외다
얼어서 몸을 가를듯한 땅도 원망하지 않소이다
대궁이 서리 맞아 누렇게 말라붙어도 눈물 없었습니다
눈 속에 묻혀 숨조차 쉬지 못해도 무심한 하늘을 바라만 보았습니다
난 이를 물고 뿌리를 키웠습니다
나비가 날고 매운 인내도 바닥 날쯤 난 푸른 줄기를 키웁니다
이렇게 멋진 난 백석 시인의 흰 손에 오르는 영광도 누렸습니다
나를 자르다 쌓아둔 서러움 우는 새댁의 눈물도 보았지요
파꽃을 아시나요 그 왜 둥글고 씨방이 나와 있는 꽃말이예요
그게 익어서 까만 파씨가 되지요
기억해 주세요 아주 매운 꽃이랍니다
울고 싶은 사람들 여기 모이세요

파·3

나는 봄비 되어 내리네
그의 마음에 내리네
보드라운 흙 가슴 깊이
나는 묻히려네
나는 그의 사랑으로
싹을 틔우려네
흰 뿌리 깊이 내리려네
그의 손길로
푸르른 잎을 키우려네
그 속에 매운 눈물을 가두어 두고
찬 서리에 누렇게 시들어 마를지라도
모질게 사랑을 말하리
언 땅 뿌리에 가득 인내를 물고
삼동을 지나
봄비 내려오면
내게도 새 님이 오시겠지
송송 썰어 눈시울 적시고
구수한 장국에 술술 풀리고 풀리면
어느덧 대궁이 끝에도
둥글게 맺히는 꽃에는

저리도 까맣게 태운 속을
봄볕에 널어놓는
장 달이는 삼월 삼짓날
잉잉대는 벌들에
봄은 무르익고
뒤꼍의 너는
홀로 높고 높구나

파·4

어머니 당신의 오월은
닫힌 창문을 열고
인내가 가득한 방에다
한 자락 바람을 길어넣는 계절입니다
뒤뜰에는 파꽃이 하얗게 피어
둥그스름한 송이에 앉은 벌들의 잉잉대는 소리
추억은 한 송이 두 송이 파꽃 몽우리 되어 돋아 오르고
이윽고 얇은 막을 뚫고 올라와 하얗게 피더니
그 안에 까만 씨앗으로 여뭅니다
당신의 머리엔 백발을 이고 온 세월의 음영이 지나가
매운 이승의 시간을 넘어 먼저 가신 임 따라
가끔 산에 눕고 싶다는 하소연도 지줄댑니다
뒷뜰 장독대에 수국꽃 허옇게 벙글어질 때
장 달이던 아궁이에는 장작이 타고
한 솥 가득 가마솥에는 맑고 갈색빛 나는 장물이 끓어
온 집안 간이 들어 싱겁지도 않고 짜지도 않게
잡도리해 오신 묵은 살림들
그 곁에 한 타래 두 타래 봄볕이 노니고
풀어진 메주콩이 된장 되면 장독에 담아두고
이따금씩 오는 자식들 밥상에

한 소끔씩 파 썰어 풀어놓으면
구수하게 객지살이 이야기가 김 되어 피어오르고
그 손끝에서 돋아나는 미나리 초무침 알싸한 맛에
고된 공장 노동도 흐물흐물 잊게 하는 날에
삶은 돼지고기에 새김치 밀어 넣는 입
먹어도 먹어도 젖을 무는 아가 되어
당신의 가슴에 깊이깊이 묻힙니다

영덕 홍게

깨끗한 백고무신에
하얀 버선 신고
흰 바탕에 주황색 꽃무늬 깨끼저고리에
옥색 엑스랑 치마 입으시고
사일장 다녀오시는
어머니의 장보따리엔
작고 빨간 홍게가 들었지

작은 것도 큰 것도
서로 싸우지 않고
상 위에 올려놓고
뜯어서 발라먹고
껍질에 밥 말아 먹으면서 자랐지

그 장보따리엔
어물전 종이모네 들러
미역 한 두어 오리 사다
시름 접어넣고
마른 북어 몇 마리 넣어
툭툭 다듬이방망이로 두들기면서

무쇠 솥밥 다 하면 잉걸불에 올린 간고등어 한 손
노릇노릇하게 잘도 구워내시는 어머니
시골 농부의 아내로서
동장댁 아내로서
안동 내앞 건너 사이골에서
푸르딩딩하고 기름내 나는 버스 타고
먼지 펄펄 나는 백리길 신작로
스물여덟에 시집오신 어머니
낯선 청송 심씨네 사람 되기까지
할 말 다 못 하고 살았던
갈 곳 다 못 가고 살았던
쓸 것 다 못 쓰고 살았던
우리 어머니 삶이 녹아
봄이면 파꽃으로 소담히 피고
장 달이는 윤사월에는
짜리고 짜린 장내처럼
짭짤하게 익어 온 집안 가득
간 보고
간 맞추고
맛 내고 살아오신 세월
아버지 밥상에 오른 멸치젓내

진하고 진하게 고춧가루와
송송 썬 어린 파에 버무린 멸치처럼
살이 몽글몽글 소금 배이어
땀방울 흘리면서도
굵어진 마디 손으로
꽉 끌어잡고 오신 장보따리 앞에서
웃음꽃 피는 아이들 눈동자에
어머니의 장길도 환해지시네
버선을 벗으며 걸어오신 그 길에
아픈 발도 찬찬히 주무르시네

봄의 기도

신이시여
긴긴 겨울도 지나갔습니다
올겨울도 그렇게 갔습니다
숨 붙은 것들도 몸을 낮추고
대지도 거룩한 약속을 지켰나이다
온종일 내리는 봄비 속에서
주여 저는 보았나이다
당신의 따뜻한 손 안에 들어있는 새싹을
이제는 주시옵소서
겨우내 지친 영혼들에게
생명의 힘을 주시옵소서
언 땅에서 눈보라 견디고
답청의 아픔을 겪은 보리에게도
눈 아프도록 매운 파에게도
감기와 싸워 이긴 어린 아기에게도
거룩한 숨 불어 넣어 주소서

언대 아재

언대 아재 오늘 문득 아재가 그립습니다
유년의 어두운 뜨락에 한 점 밝은 빛 되어
움츠린 나를 일으켜 주신 당신은

봄이면 갓 배운 자전거 뒤에 날 태우고
신작로 달렸을 때 맞은 봄바람
언 겨울의 상처를 아물게 했지요
여름이면 자라 꺽지 쏘가리 붕어가 든 수대를
보여주고는 한 마리 줄까 하셨던
당신의 부드러운 음성 지금도 귀에 들리는 듯 합니다
오후의 긴 햇살을 피해 어린 은백나무 숲에서 지은
작은 풀집에 나를 초대해 주셨던 날 말씀하셨지요
너도 크면 좋은 사람 만나
이런 집 짓고 재미있게 살어 하고요
가을이 되어 말이 없어져 가는 나에게
빙긋이 웃으면서 쥐어주었던 알밤 서너 톨
아재를 따라 나도 마음껏 웃어 보았습니다
그 때의 푸른 가을 하늘
당신의 마음을 꼭 닮았더군요
찬바람 살 에이는 겨울

당신은 언 손 호호 불며
얼음배 만들어 태워 주었지요
그 때 아재와 그 배를 타고
먼 곳으로 가고 싶었답니다

언대 아재
당신이 지었던 작은 풀집
이제는 나도 지어 볼렵니다
지상에서 가장 아름다운 말들로 이루어진 집
이번에는 제가 초대 하렵니다

아가에게

아가야
네 꿈의 씨방 속으로 날 데려가 다오
바깥엔 눈보라 치고 언 손가락으로
젖은 성냥불을 당겨
한 자루의 초에 붙이는
엄마의 꿈이 꺼지지 않게
네 꿈 조각내지 않기 위해
겨울밤 얼음판 건너며 때로 무서운 가위에 갇히며
고뇌의 강 건너는 엄마의 꿈이 조각나지 않게
언젠가 초음파로 네 뛰는 심장을 보며
엄마는 숨 쉬었고 너의 태동으로
엄마는 사지를 움직였지
아가야 내 피로 지어진
네 몸뚱이에는 옷이 없구나
두껍게 껴입어도 바람을 막을 길 없는 엄마에게
네 튼튼한 성을 내게 주렴
살아서 온통 꿈을 적셔주는 아가야

엄마는 알 수 없구나

아이야 네 눈동자 속 엄마 얼굴
왜 그리 쓸쓸한지

아이야 온종일 방에서 놀다
산책길 나간 하늘
왜 그리 눈 시린지

엄마는 알 수 없구나 아이야

네가 다섯 살 하고 내미는 오른손
엄마 몰래 커버린 세월이
왜 그리 서러운지

꽃 글자 보여주면 포도라 하고
꽃 그림 보여 줘도 포도라 하면
왜 그리 안타까운지

엄마는 알 수 없구나 아가야

해바라기

어떤 영혼이기에 종족의 묵시를 깨고
고개를 떨구고 섰는가
오오 반역이여
반역을 부르는 반역의 아들이여
에와의 죄로 물든 자식들이여
역사를 부정한 모리배들이여
명예롭게 죽은 전사들이여
내 너희들에게 훈장을 달아 주노라
시시각각 몰려오는 멸종의 불안 속에서
더 굳어지는 고개여
오오 반역의 시간은 길고 길어
노랗게 익어가는 대궁이여
그 끝에 달린 둥근 얼굴이여
꼭 깨문 이빨이여
반역의 역사여
반역의 역사여
햇빛 바라보다
눈먼 해바라기들이여
오만이여
줏대 없는 자들이여

아첨꾼들이여
꼭두각시여
고양이의 꾐에 빠져
수장당한 쥐떼들이여
대참사의 주인공들이여
까막눈이여
눈멀게 하는 태양이여

옷

언젠가 옷을 샀더니
외선으로 박혀있고
오버록도 쳐져 있지 않았네

사람들은 그 옷을 입자
멋지다고 했고
난 마음에 들지 않은 옷인데다
실밥이 풀릴까
몸을 사렸네

부주의한 눈을 속인
검은 속셈을 원망하며
옷에 갇혀
버스를 탔고
사람들과 이야기 했고
커피를 마시며
시를 썼지

오랫동안 창살 없는
옷에 갇혀 살았는데도

옷은 찢어지지 않았고
어느 듯 나는 옷에서 나왔지
그리고는 그 옷을 잊었지

세금고지서

어김없이 배달되어 왔다
내가 밥 먹고 세수하고
헤어드라이기로 머리 말리고
옷 갈아입고 형광등 불빛 아래서
시를 읽기 위해 쓴 정직한 청구서다

나는 상상해 본다
나무를 해다 불 때서 밥 지어 먹고
우물가에서 세수를 하고
바람으로 머리 말리고
시냇가에서
옷 빨고
호롱불로 책을 보고
문득 외톨이가 된다

죽으면 무덤 1번지로 고지서가 배달될까봐
슬그머니 무덤 3번지로 주소를 고친다

삼동三冬

긴 겨울잠 자는 남편의 머리맡에서
북어 껍질을 벗긴다
겨울바람 창밖에서 사납게 울며
벌어진 문틈 사이로
날카로운 이빨을 드러낸다
창틀이 덜컹일 때마다
속 깊은 잠 들지 못하는
그의 얼굴에 난 주름을 따라가다 보면
절망이 복병해 있다
불능의 겨울 통장 구석구석에
바퀴벌레가 제 집을 만드는 삼동
비대해진 녀석의 몸이 기우뚱한다
한 평의 땅도 없는 우리 보다
집을 더 잘 짓는 녀석들

나는 북어의 등뼈에 붙은 살을 뜯다가
손가락을 가시에 찔린다

추억의 씨앗

그대 기억하는가
겨울 칼바람 허옇게 흔들리는 언 땅에서
저기 얼음 지고 가는 여인을
눈 나려 추억들 지워질 때
마음의 밭에는 하얗게 일어서는 이랑
수천 마리 백사들의 질주
소리 거두어진 정적이 눈꽃 되어 피어난다
여인의 등에서 녹아내리는 빙수
마른 흙 적셔 싹틔우는 봄날
꽃들은 어디에 숨었는가
축제의 제단을 꾸며야지
하늘 나는 종달새 불러와야지
장자의 나비는 왜 늦잠 자는가
뼈 속 깊이 뿌리 내린 얼음의 자식들을 뽑아야지
이젠 다시 심지 않으리 얼음의 씨앗들
봄볕에 말려 차곡차곡 개어 넣으리
추억의 옷장으로

역 44

-철마는 달리고 싶다

일어나야지 뼈마저 굳은 몸 일으켜야지
본디 긴 허리 가누지 못해 서럽소이다
서러워 서러워 그냥 그 자리에 못 박혔소이다
나자렛 사람 예수는 부활도 했지만
소생은 죽음에서 건너지 못 했소이다
녹슨 등껍질 갈라져 민들레 홀씨가 뿌리 내렸소이다
이미 재작년 일이로소이다
일어나야지 했지만 타성의 철갑 나를 가두어
입에는 재갈을 물렸소이다
내가 누운 땅은 축복 받지 못한 곳
풀 한 포기 자라지 못 했소이다
태양을 낳지 못하는 하늘의 자궁엔 얼음 덩어리 익어갔지요
새도 날지 않는 대지는 수많은 날들 울어 목이 매었답니다
낡을 대로 낡은 몸 일으켜 세워 봅니다
머리에 나르드향을 바르고 유향과 몰약으로
사악한 기운과 병마를 몰아내야죠
순결한 처녀들 손에는 꽃등을 쥐어 줘야지요
어둠을 몰아낼 아가씨들 따라 한 발자국 딛어 봅니다
녹슨 철이 쿵쿵 부딪치며 둥근 바퀴는 굴러 가네요
아아 어디서 왔을까요

코끼리 타고 온 인도 소년은
만다라화 만수사화 희고 붉은 꽃비를 내리네요
온몸의 관절에 림프액 흐르고 눈물도 흐르고
윤회의 대륜 되어 기차는 달려 가네요
우주 저 끝까지

어떤 순간

올 여름이 지나고 눈가엔 주름이 더 깊어졌습니다
갓 첫돌 지낸 아들이 장염으로 입원했습니다
혈관 찾는다고 울다 지쳐
병실로 보내져온 작은 몸뚱이가 서러웠습니다
아들이 퇴원하자마자
지병이 재발한 남편이 또 입원했습니다
시로 견뎌질 듯 머리 속을 맴돌던 말들이
압사 당하는 모습을 지켜보며 이를 꼭 물었습니다
시를 외면하게 권하는 일상이었습니다
정말 일상이 폭력이 되는 순간에 제가 서 있었습니다
그러나 신비하게도 그것들이 다시 시가 되어올 때
슬픔이 더욱 아름답게 빛나는 것이 아니겠어요
일상이 말의 옷을 입고 여백에 정렬하면
시인은 지상에서 가장 행복한 고민에 빠져든답니다
그리곤 귀한 옥동자를 낳는답니다

내 몸이 낙엽을 꿈꾼다

꿈 속에 키 큰 나무가 되어 광야에 서 있었지
땅 속에 흐르는 침묵의 전류
물관을 타고 흘러 부르르 몸을 떨었지
별을 머리에 이고
바람을 가는 팔 사이로 날려 보니
잎들이 마주치는 소리가
잠든 광야를 깨워 부스스 일어나는 한밤
대지에 숨어든 정령들이
맨발로 걸어나와 나무를 에워싸고 원무를 추었네

몇 번의 별자리가 바뀌고
나무는
낡은 시간의 그물이 헤질대로 헤질 때까지
날짜를 끊임없이 세었네

잠을 깼지
밤이 어둠을 톱질한 끝에 흰 톱밥처럼 해가 떠오르고
거리의 사람들이 물컹한 비계 덩어리 되어 떠내려간다
모든 구멍들에서 튀어나오는 기름들
어젯밤 떡갈나무 잎은 송충이에게 먹히고

머리채 헝클고 절규하는 광야는 자꾸만 일그러진다

한 차례 세찬 바람이 분다
큰 나무는 묵묵히 잎들을 날려 보낸다
문득 내 몸이 날아오르는 것을 알았다

나는 달동네 도둑고양이

나는 달동네 도둑고양이

낮에는 교수댁 점순이 뒷꽁무니 따라다니지
짐짓 내숭 떠는 가시내를 생선 한 토막으로 꼬셔내지
그러고는 만인이 다 보는 길가에서 보란 듯이 흘레 붙지
교수 마누라는 사모님네들과 수다 떨고 오다가
그 꼴 보고는 게거품 물지
더렵혀진 점순이를 뾰족 구둣발로 대문 안에 차 넣지

나는 달동네 도둑고양이

밤에는 오사장집 유리 박힌 담장을 줄 타듯 잘도 걷지 경
쾌하게
먹거리가 가득한 창고엔 살찐 쥐가 많아 잡아먹기도 쉽지
간혹 오사장 오입한다고 안 들어오는 날이면
마누라는 저녁부터 쟈스민 욕탕에 들어가 나올 줄 모르지
자정께에 대문 열고 오는 꺽다리 사내는
부스럭 하는 내 발자국 소리에도 감전된 듯 몸을 떨지

나는 달동네 도둑고양이

삶의 비밀을 풀려고 하루 한 끼 식사하는

가난한 철학자네 집에서 잠잘 때가 제일 행복하지

맑은 눈동자의 아이들이 포근히 깔아준 짚 위에서 고단
한 하루를 쉬지

아침이면 부인이 꼭 챙겨주는 고등어 등뼈를 그리며 오
늘은 이만 안녕

광인狂人

그는 좁쌀 같은 사람들이 의자를 두고 싸워대는 소리를
듣는다
커져 가는 동물적 소리가 붉은 심장에서 쏟아져 나와
경쟁자들에게 포물선을 그리며 떨어진다

그는 기름낀 뱃가죽을 허리띠에다 의지하고
징그런 웃음을 흘리는 사내를 알고 있다
흙의 의미를 이해하기를 포기한 그 자는
때 묻은 지폐를 끊임없이 세고
지전들은 한 달이 가면 알을 낳는다

언젠가 수의를 입는 날
그는 포르말린을 지방층 두꺼운 몸뚱이에 발라
미이라를 만들지도 모른다
번들번들한 이마를 드러내고 돈독으로 가득찬 배를 부
풀리고
마음은 더 높은 문을 만든다

그의 눈은 언제나 시뻘게져 있다
동공에서는 푸른 빛이 반사되어 나오고

눈빛에서는 그가 라스콜리니코프의 영혼이 내장되었음
을 느낀다
그는 신발끈을 다잡아 맸다
장갑을 꼈다
심장에서 쇠망치 소리가 요란히 울리고
이윽고 엑스타시의 감미로움을 즐겼다
그의 동공이 풀리고 후둘후둘 다리가 떨렸다
인간 사냥꾼들이 그를 사냥해 갔다
그는 사각형 밀폐된 공간을 가질 권리마저도 없었다

그는 전과 같이 변함이 없었고
또 다른 엑스타시를 찾느라 눈을 번뜩인다

바퀴벌레

부엌 전등을 켜면 일사불란하게 숨는 바퀴벌레들

주인 몰래 불법으로 체류하여 방세 전기세 전화세 물세 안 내면서 온갖 낭비를 했다

싱크대에 쌓아둔 식기 사이에 방을 만들기도 하고 가끔 전자렌지 안에 집을 지었다

몸을 불살라 먹는 어리석은 놈들은 저희끼리 전화도 잘한다 늘 불 끄면 깔깔대며 수다떠는 꼴이란 주인 마누라하고 어쩜 똑같은지

한 번은 소탕작전을 폈다

녀석들에게 멋진 집을 지어 주었다

그랬더니 아니나 다를까 어슬렁어슬렁 한 놈이 기어들어왔다

너무 느린 이 놈은 현관에서 깨끗이 발을 닦다가 발밑 끈끈이에 붙어 밤새 몸부림쳤지만 죽었다 얼마 있다가 바람쟁이 녀석이 하나 들어왔다 녀석은 마음이 급해서 현관에서 신을 벗지 않고 안방까지 왔다가 암내 풍기는 성유인제를 먹고 죽었다

한 달 후 주인 마누라는 바퀴벌레의 집을 싱크대 밑에

서 들어냈다

　성유인제가 말라붙은 그곳에는 수많은 바퀴들이 끈끈
이에 붙어 죽어 있었다

　주인 여자는 치우는 걸 망설였다

식빵

난 너의 허연 살을 뜯어 먹는다
어떤 때는 딸기잼을 발라 베어 먹기도 한다

언젠가 난 너의 살 속으로 들어가고 싶어졌다
깊숙이 깊숙이 네 살의 결 속으로 침잠해 갔을 때
난 숨이 막혔다
부드럽게 감기는 살을 뚫고 나오려고 발버둥 치면
더 죄어오는 너
이젠 먹지 않겠노라 맹세했지만
허기진 뱃살이 구겨지면 너의 살이 떠오른다

빵집엔 오늘도 제빵사가 밀가루 반죽을 한다
오븐에서 갓 나온 식빵을 사기 위해
여자들이 줄을 선다

부고

꿈 속에 이가 모두 빠졌다
허탈해서 잠 깨니 그대로 있는 이
안심하고 돌아서는데 전화벨이 울린다
시골에서 어머니
야야너작은아부지돌아가셨데이
공굴다리에서깜빡주무시다떨어지셨다칸다
전선으로 전해오는 한숨 소리에
이를 지그시 물어본다
그대로 없는 건 작은 아버지였다
궂은 장맛비가 지붕을 두드린다

사랑을 위하여

제 2 부

까치와 플라타나스

이슬

너는 어디에서 헤매다가 이제야 왔느냐
강과 웅덩이에서 태양이 너를 데리고
대기권에 올랐구나
바람은 가볍게 너를 이리저리 불어서
멀리도 날아가게 하겠지
아이들이 노는 공터에서 너는 기웃거리기도 했지
빌딩의 마천루를 휘감고 빙빙 춤을 추기도 했지
밤이 오면 나무 잎새에서 고단한 잠을 자곤 했지
아침이 오면 노간주나무 삐쭉한 잎새들 사이에
은색 작은 휘장을 여기저기 치고 있었지
해가 떠오르면 자취도 없이 너는 또 길을 떠났지
물기 빠진 빈 잎들이 날리는 가을의 벌판에서
너의 하루는 어디에서 저물었느냐
티티새 울며 제 둥지 찾아드는 해질녘
너는 노을을 빗기고 찬란히 내려서는
날개옷 입은 한 떼의 천사들
네 발걸음 가볍게
구름의 이랑을 넘는구나

오월의 하늘

오월의 하늘에
지친 몸을 담근다
하늘은 욕조
어디선가
시의 뮤즈들은
하얀 발을 첨벙인다
손에 비파 들고 수금 타는
천상의 케루빔과 세라핌
나는 뮤즈들과 천사들의 오르내림을 바라본다
하늘의 욕조에 피어오르는 하얀 구름 한 떼 떠간다
내 몸도 두둥실 떠간다
빛나는 태양의 맨발이
길게 드리우는 하늘 바다 저 밑
어미 고래 새끼고래에게 젖 먹이며 물을 가른다
정오의 햇살이 끌어오는 하늘의 빛줄기가 닿으면
뮤즈들의 뿔나팔 소리 울려퍼진다
오월의 하늘이여
생명을 부르는 오월의 하늘이여
일에 지친 이들의 몸을 위무해다오
더렵혀진 몸 다시 태어나게 하라

구름은 홍조를 띠고

누가 저렇게 그리움을 태우며
밤을 지샜던가
가을 아침 하늘에 뜬 구름
설핏하게 찢긴 가슴일려나
태양이
다시 떠오르면
붉게 물드는 너는
찬이슬에 씻기워도
따스해지는 얼굴을 지녔지

몰운대·1

말해보아라
어쩌다 너의 끝이 여기였는지
나아갈 수 없어 발길을 돌리고야마는 바위
남몰래 그리움이 자라나 솟았구나

멀리 내려다보이는 산과 들
뿌옇게 피어오르는 몇 줄기 연기와
철마다 올라오는 푸성귀 심은 밭

너의 발부리를 흐르는 물
멈춘 발자국에 묻은 시간으로
흘러들었지
나의 가슴에
너의 가슴에

몰운대·2

구름에 잠겨
너는 무엇을 꿈꾸느냐
지나간 시간도
다가올 시간도
네 발부리에 걸려
멈춰선 이곳엔

태양이 떠오르면
네 가슴에 묻어둔 말의 씨앗들도
싹이 트고 뿌리를 내려
잎이 무성해지건만
너는 그저
말없이 서 있구나

몰운대·3

숨 가쁘게 달려왔건만
강을 사이에 두고
끝없이 흐르는 물만
바라봐야 하는 가슴
꽃이 피고 지고
태양이 뜨고
달이 기울었으나
너에게 닿을 수 없었네
먼 훗날
나를 기억해 준다면
이야기해 줘
그리움에 가슴 앓다
구름이 되어
저 절벽을 뛰어내리다가
새가 되어 날아간 사람을
그 사람이 남기고 간 깃털 하나를

몰운대·4

몰운대에 오면
구름에 몸을 던지고 싶네
삶이 꺾여졌을 때도
죽을 수 없던 가슴을
풀고 싶었네

절벽에 새기려네
피 묻은 날들의
일기를 쓰려네
절벽이 깎였듯이
나를 깎으려네

몰운대·5

오직 한 알갱이
눈으로
당신에게
뛰어들 수 있다면

오직 한 줄기
바람으로
당신에게
뛰어들 수 있다면

오직 한 송이
꽃으로
당신에게
뛰어들 수 있다면

오직 한 마디
말로
당신에게
뛰어들 수 있다면

눈이 되어서도
바람이 되어서도
꽃이 되어서도
말이 되어서도
뛰어들 수 없다면
차라리 나는
몰운대 절벽에
몸을 던지리라

빨래가 되는 동안 나는

-주부를 위하여

세탁기가 빨래하는 동안
책을 본다
시집을 본다
바닥을 닦는다

그이가 낮에 일하는 동안
청소를 끝내고 차를 마신다
수다를 떤다
수산시장에서
주꾸미 자반을 챙겨 넣는다
그이가 저녁에 돌아올 때까지
쇼핑센터에 가서
이 옷 저 옷 기웃거리고
팔찌 시계 귀걸이를 눈요기하고
손가락으로 만지작대다가 나온다

그이는 뭘 하고 있을까
그이는 집에 있다고 생각하는
나를 기억해 줄까
어여쁜 여직원이 미소로

찻잔을 바치고
부하 직원들에게 일 지시하고
윗사람을 만나러 가고
다른 거래처에
사람을 보내고
전화 받고
점심 후 담배 피면서
연기 끝에서 나를 생각할까

세탁기가 빨래하는 동안
전기밥솥이 밥을 하는 동안
냉장고가 음식을 품어있는 동안
아이가 학교에 가 있는 동안
그동안 나는 뭘 하며 기다릴까

빨래가 다 되는 동안
밥이 다 되는 동안
김치가 익는 동안
아이가 하교하는 동안

나는 짧은 시간을

마디마디 이어다 붙혀

오늘도 살고 있는가

김이하 시인

그이에게 다가가면
아무래도
그이는 피할 게 뻔하다

그이는 세상에 살면서도
있는 듯 없는 듯 해서

잡으려고 하면
손가락 사이로
흐르고 말 게다

따라가면
더 깊은 곳으로
들어가

머리카락도
옷자락도
늘 메고 다니는
카메라도
숨길 게다

다만 그는
어딘가에 묻혀
혼자
남 모르게
세상의 한 켠을
폭폭 찍어낼 게다
한 잔 술을
애인 삼아 마시며

언젠가 가을이 오면
한 권의 시집 속에 든 말들을
세상의 담벼락에 흰 천 걸어놓고
차르륵
차르륵
돌릴 게다

대봉감

첫눈이 오면
그때 잡수세요
그때가 되면 익어서
잡술 수 있어요

떫은 대봉감을 사주며
그이는 말했다
그래 첫눈 오면 먹자 했는데
오늘 아침 두 개가
기다리지 못하고
먼저 빨갛게 익었다

첫눈 오면 먹으라던
그이는
왜 나한테 거짓말했을까

오늘 아침 나는
그이의 거짓말
한 술의 사랑을
달콤하게 먹었다
첫눈도 오기 전에

첫눈

언제 오려느냐
머나먼 곳에서
내가 가보지도 않은 곳에서
너는 하얀 옷을 입고
길다란 술이 달린 옷자락을 끌며
바람에 이리저리 날리면서
잠들지 않고 기다리는
나를 목메게 하는 너는
나를 떨리게 하는 너는

언제 오려느냐
이 거리는 크리스마스트리 불빛
구세군의 종소리와 빨간 냄비
외로운 이들은
바쁘게 눈에서 짝을 찾아가는
추운 겨울날
너는 따스하고
내 목젖 두드리는 사랑을 안고
오늘 밤에는 내게로 오겠지

머나먼 곳에서 오는 님이여
하얀 날개를 펄럭이며
내 품속으로 날아올 님이여
오늘은 내 부끄럼마저도 녹아
가슴에 쌓인 회한이
눈물이 되어 흐르게 하소서
홀로 지낸 밤도 지나고
당신의 날개에 나를 태우고
오늘은 쉬게 하소서
지상의 어둠이 걷히고
온 누리가
당신으로 하여 빛나게 하소서

당신이 그리울 때는

당신이 그리울 때
겨울밤 저 깊은 하늘은
간유리 깔아놓은 듯
살얼음 조각이 떠다닌다
별들은 지상을 내려다보고
그리움의 한 자루 초에
불을 붙이면
마음은 어디에 가 닿느냐
다시 만날 날을 기다리며
설레는 마음을
한 마디 기도의 말로 접어 넣고
못 다한 한 마디 말도 접어 넣어
당신을 만나는 날 꺼내 놓을 테지

사랑채 앞에서

한 마리의 까치가
나무 꼭대기에 올라 앉았다
까치는 무얼 생각할까
잠시 앉았다 떠나는 까치여
어디로 가는가
이 나무 저 나무에 올라 앉아보고
네 머물 곳을 찾느냐
멀리 너의 두고 온 피붙이를 찾느냐
너의 그리움도
너의 설레임도
겨울비 온 뒤 흐린 날에
비안개로 포근하기도 한 날
너는 한 해의 마지막을
저 플라타나스 나무 우듬지에 올라
내일 살 일을 생각하느냐
나뭇가지 사이로 지나는 바람도
너의 고요를 범하지 못하리
나는 오늘 아침에
너로 하여 새로운 미래를
가슴에 안고
네가 앉았던 빈 자리를 바라보노라

한 마리 까치가 되어

한 마리 까치가 되어
나는 날아본다
그리움이란 내밀한 마음을 지니고

너를 보내고
내 몸은 추위의 바늘에 찔려
서 있기조차 힘들었던
그 겨울의 끝

한 마리 까치가 되어
나는 바라본다
설레임이란 내밀한 마음을 지니고

눈이 내리네

눈이 내리네
첫눈이 내리네
너의 가슴에도
나의 가슴에도
사랑이 쌓이네

눈이 내리네
첫눈이 내리네
너의 시간에도
나의 시간에도
추억이 쌓이네

눈이 내리네
첫눈이 내리네
너의 눈에도
나의 눈에도
눈물이 흐르네

눈이 내리네
첫눈이 내리네

너의 영혼에도
나의 영혼에도
구원이 오네

눈꽃

나는 너를 기다리네
온종일 할 일 없이
너만을 기다리네

너는 나를 기다리네
하염없이 시간이 지나도
나만을 기다리네

너는 알리라
기다리는 나의 마음을
거기에서
한 송이 꽃이 피고
두 송이 꽃이 피고
세 송이 꽃이 필 때
온다던 너의 약속도
이루어지겠지

나는 알리라
이 겨울
우리 가슴에도

한 송이
두 송이
세 송이
눈꽃이 필 때
그리움도
설레임도
사랑도
녹아 흐르겠지

사랑새

이른 아침에 지저귀는 새여
너는 내 잠을 깨우고
너는 내 의식을 흔들고
너는 내 즐거움
너는 내 그리움
너는 내 사랑
하늘도
땅도
산도
너의 노랫소리에
환한 얼굴로 미소 짓는 아침
태양은 어디에서 뜨는가
너의 마음에선가
나의 마음에선가
마음에서 뜨는 태양
사랑의 샘에 비치니
갈라진 영혼을 적시네
메마른 영혼을 적시네
절망에 빠진 영혼을 적시네
슬픔에 젖은 영혼을 적시네
너의 사랑이 빛이기에
너의 사랑이 생명이기에

그대가 오지 않아도

그대가 오지 않아도
그대가 오지 않아도

나는 행복합니다

그대가 오지 않아도
그대가 오지 않아도

나는 울지 않습니다

그대가 오지 않아도
그대가 오지 않아도

나는 미워하지 않습니다

그대가 오지 않아도
그대가 오지 않아도

나는 복을 빌겠습니다

그대여
얼굴도 모르는 그대여
보석을 세공하는 손으로
나의 마음에 새겨주오
당신을 사랑한다고

사랑이 떠난
여자의 가슴에 비가 내린다

비는 여자의 시선을 데리고 땅바닥을 구른다
구르다 흘러간다
여자의 빈 가슴에
비가 빗금 치며 비집고 들어온다
여자의 눈은 가려
아무것도 볼 수 없다
가슴에 가득찬 빗금선은 은화살이 되어
여자의 마음을 찌르고 또 찌른다
하얀 거품이 부글부글 일어나는
여자의 전신은 떤다
울며 심하게 떤다

한 차례의 천둥과 번개가
지나간 가슴에 무지개가 뜬다
비는 그치고 여자의 마음은 고요하다
비 온 자리에는 고인 물이 깨끗하다

당신이 혼자일 때

당신이 혼자일 때
하늘에서 천사가 내려오죠
당신을 지켜주고
외롭지 않게
슬프지 않게
고통스럽지도 않게
다만
기쁘게
즐겁게
부드럽게
당신의 마음을 어루만져 주는
저 천사는 누굴까요
오 하느님
진정 저 천사는 누굴까요
난 알아요
그가 부드러운 라파엘 천사는 걸
하얀 날개로
포근히 안아주는 라파엘
당신의 피로는 사라지고
당신의 외로움은 사라지고

당신의 고통도 사라지고
그냥 천사는 내려오네요
당신과 나의 꿈속으로
그 속에서 우리는 한 침대에서
꼭 끌어안고 입 맞추면서
두 눈을 스르르 감지요
대천사 라파엘이여
우리 곁에 머물러 주세요
당신과 나에게

까치와 플라타나스

그이는 차가운 바람 부는 도시의
어디에서 걷고 있을까
어깨를 옹송그리고

메마른 바람이 어깨를 스치고 지나가고
진종일 겨울은 푸석거린 채
발아래 깔린다

가로수에 앉은 까치 두 마리
플라타나스 여인은 머리를 풀고
그 머리에 집을 짓는 까치여
플라타나스 사내의 가지는
삐쭉하여 빈 바람만 걸린다

당신은 그 아래를 서성이다
빛발이 쏟아질 때
두꺼운 외투를 입은 채
따사롭게 젖누나

두물머리에서

사람아 이제 가을이 되었구나
여기 두 강이 만나
너인듯 나인듯
무늬 없이 고요히 흐르는 물에서
너는 얼마나 많은 추억을 쌓았느냐
삶은 깊어져 물이랑도 잠들었는데
군락을 지어 서 있는 버드나무들
머리를 헹구고
청둥오리 한 쌍 유유히 헤엄치는 물가에
두고온 상념을 부려놓는다
두물머리에 오면
빡빡했던 시간들도 허리 띠를 풀고
가팔랐던 사람 사이도
남한강이 북한강을 쓰다듬고
북한강이 남한강을 쓰다듬듯
함께 살을 섞으며
서로의 흠과 모난 곳을 감싸안고
너의 살이 내 살이 되고
나의 살이 네 살이 되어
이승의 육신도 투명한 물이 되어

그저 한강으로 흘러 들어가듯
손잡고 함께 가는구나

겨울의 한낮

태양은 힘겹게 정오에 떠올라
퍼진 계란 노른자처럼 부식되어
구름에 먹힌다

어디선가 새들이 모여든다
부리로 부지런히 쪼는 하늘 한가운데
구멍이 날까봐
얼른 닫아버리는 구름은
오늘은 길게 눕는다

입춘·1

창문을 여니
바람이 살갗을 찔러댄다
먼 산 바위에는 눈

바위야
너는 얼마나 차가우냐
나무야
너는 얼마나 몸이 아리냐

봄기운 대신
물어뜯는 한기에
산야는 얼었구나
그 틈에도
버들강아지 꽃망울
부풀고 부푸는 입춘날

한 마리 까치
얼었던 바위를 깬다
얼었던 마음을 깬다

입춘·2

봄이 선다는 날
봄이 문밖을 나간다는 날

곱게 단장하고
차가운 바람 속에서도
너는 빨간 볼을 하고
어디로 떠돌 참이냐

삼월

너는 언제 올거야

물어도 대답 없는
꽃샘바람 속에서
희미한 이명으로
울리는 소리
그래도
삐쭉삐쭉
돋아나는 잎눈

녹빛으로 물드는
여린 봄 햇살
금실을 걸어놓고
무얼 짜려하느냐

말해다오
해를 안은 하늘아
나무를 등에
뿌리내리게 한 땅아

겨울의 끝판

겨울아
너도 권태의 외투를 입은 채
눈 내리는 거리에 쏘다니느냐
바람이 불고
사람들 일터에서 귀가를 서두를 때
남겨둔 책상 위에 감도는 쓸쓸함을
데리고 가거라
한 잔의 술로 털어내려는
하루의 팍팍한 시간들
산 입에도 목젖은 울먹여도
사람아
아직 절망하지 말자
눈이 내리고
꽃이 피듯
아침이 되고
저녁이 되듯
태양이 기울어도
내일의 얼굴을
파아란 거울에서 떠내듯이
물 젖은 하늘이

우리 마음에도 흐르는구나
흘러 흘러 메마른 도시를 젖게 하고
때로는 싸락눈으로
싸락싸락 맵게도
가슴을 울리는 건
그날 하루의 서러움일 뿐
차라리 한 알갱이 싸락눈 되어
토닥토닥 어깨를 두드리고
푸석한 머리 쓰다듬어라

청둥오리

산행길에 만난 청둥오리 어미
부리로 깃털 뽑아 이불 만들어
알 품고 앉았다

일 주일이 지나고
이 주일이 지나도
알 품고 앉았다

어미의 온기를 받고
알 속에서 만들어지는
아기 청둥오리들

함부로 뽑지마라
오리 깃털을
인간은 아무것도 주지 않았다

냉이깸

당신의 손끝에서
돋아나는 봄
혀끝이 먼저 알아
입맛이 돌았네
서러운 세월을
고운 베보자기 깔고
노란 콩가루 쓰고
푹 한 눈물 솥전에 흘리면
언 땅에 내린 굵고 흰 뿌리도
뭉글뭉글 씹힐테지
진한 조선간장에 버무려
짭짤한 살림살이
구수한 넉두리
깸이 되어
누덕누덕 불어오면
한 접시 수북이 담아
겸상에 올린다
두 그릇 이밥 위에는
김이 허옇게 올라
손님의 얼굴이 풀린다

한 저분씩 집어 올리면
당신의 수고가
냉이꽃 되어 피어오른다

구원을 위하여

제3부

빨간 크레용 태양

사는 게 무서워지는 순간이 오면

사는 게 무서워지는 순간이 오면
나와 아들은 두 개로 선
십자가 되어 골고타 언덕에서 운다
어디까지인가
언제까지일까
예수님 그 분과 함께
그 손 안 못 자국에서
피 흘리는 손이
우리들 이마를 짚어주셨지
그렇다
어둠에 헤매이며
지하에 살았을 때도
죽음 앞에서
헛것을 보면서도
주의 기도를 되뇌이던 노인도
우리는 안지 못 했다
다만 그녀의 가슴 속 인연을 불 태우는
흰 종이 한 장이 검불들과 타버릴 때
시원하다 시원하다 하신
그녀는 지금 어디에 있을까

천정 위에서 내려다 본다는
호랑이가 물어갔을까
아니면 죽기를 기다리는
어느 외지고 초라한 요양원에서
밤이나 낮이나 호랑이에 쫓기며
비명을 지르고 있을까
아니면 자식들의 구박에
서러워하고 있을까
주여
사는 것이 무서운 오늘은
그녀와 우리 모자를
불쌍히 여기소서
당신의 골고타 언덕엔
당신이 가고 천둥 번개 치는
장마의 어느 날처럼
삶의 번개가 내리치더라도
두 눈 부릅뜨고
천둥의 소리를 가슴에
간직하고 살아가게 하소서
당신의 깊이 찔리신 옆구리에
당신의 가시 박힌 이마의 선혈이

뚝뚝 우리들 가슴에 떨어져

마음이 울고 하늘의 비도 우는

이 밤의 깊은 침묵도 두껍게 내려앉게 하소서

십자가

십자가 아래서는
변명해서는 안 된다

삶도 죽음도
초월하는 십자가

기쁨도 슬픔도
넘어가는 십자가

부자도 빈자도
넘어가는 십자가

나누어질 수도
대신 지게도
할 수 없는 십자가

십자가 아래서는
변명해서는 안 된다

십자가 아래서는

죽어라 살면

지면에 눈물이 고이어

눈물 강 건너

어느새 피안에 닿으리

바다·1

바다여
에메랄드 흐르는 네 몸에
나는 기대고 싶다
태초에 하늘과 땅에
차고 넘쳤던 너로
나는 목욕하련다

바다여
태양이 내리쬐어
물결마다 산란반사하는구나
지나온 삶을 조각 내어
하나하나 윤슬로 만들어
어디론가 끌고 가련다

바다여
거대한 너의 등이
하늘과 땅으로
갈라진 골을 막아주는구나
살면서 벌어져
상처 입은 자리에

빈 바람만 무시로 불었다 하여도
그 구멍에 핏빛이 어렸다 하여도
그리하여 너와 내가 섬이 되었다 하여도
떠난 하늘이 땅을 만나듯
비가 수십일 네 마음에도
내 마음에도 내려
태초의 궁창이
모두 열렸구나

바다여
말하라
강과 강 사이
바다와 바다 사이에 쳐진 철책도
어쩌지 못하리
저 도도한 역사의 물결이
저 거대한 침묵이 흘러서
어떻게 바뀌었는가를
바다여
네 눈에도 보이느냐
셀 수 없는 물결이 부수는 절벽의 광휘를

바다·2

-어머니

당신의 넓디넓은 품에
안겨서 나는 잠들고 싶습니다
어머니 당신의 자장가가
파도 되어
찰싹찰싹 귓가를 두드릴 때
피아노 건반을 달려가는 소나타가
꿈속으로 데려갑니다

당신의 깊고 깊은 가슴에 묻혀
세상의 풍파를 피하렵니다
그 깊은 곳에 고요한 평화가 내려
어지러웠던 영혼이 숨쉴 때
한 마리 거대한 어미고래는
피리를 불며 아가에게 젖을 먹입니다
바다여 어머니여
그 젖줄에 이르는 시는
하얗게 뿌리를 내려
때로는 바위를 쳐
하얗게 부서지다가
썰물에 끌려 들어가
넓은 세상을 끌어안습니다

소래포구에서

드러난 바다의 바닥 사이로 난
물결을 따라 한 척의 배가 들어온다
하루의 조업을 마치고
하나둘 들어온다
아낙네들은 저마다 고무 다라를 가지고
잡아 올린 물고기들을 받으러 몰려든다
잡어가 든 망태기를 훌쩍 던져올리는
사나이의 얼굴은 구릿빛으로 번쩍인다
얼마나 많은 태양 빛이
그를 내리 쬐었을까
눈가에 하얗게 마른 바닷물의 소금기가
땀방울에 섞여
파삭한 노동의 시간이 마르고 말랐구나
하루의 생이 이렇게도 쩔었구나
아낙네는 우럭이나 아구가 든
물통을 끌어 올리며
그의 절여진 시간을 끌어 올린다

월미도에서

어둠이 내리는 바다는
나를 데려간다
알 수 없는 파도 소리가 잠자고
바다새가 돌아간 곳
미래의 환영을 한 폭 그려주는 곳
언제나 삶은 속이면서도
알아채지 못 하게 냉랭한 거리를 두었지
나는 퉁겨나와 끝없이 헤매이며
금이 간 틈을 매우려 했지
파도는 바다의 슬픔을 품고 누워 잠들고
바닷가를 걷는 나의 걸음은
바람에 가벼워지고
멀리 하늘의 한 자락을 물들인 비늘 구름
칙칙하게 덮어오는 어둠에
환하게 숯불을 피워놓고 무얼 하느냐
차가워지는 마음을 덥혀
마음의 타오르는 사랑을
다시 불 피우려 하느냐
속을 줄 알면서도 속아 주면서
마저 태우고 돌아갈 새들의 고향으로

바다야
너는 날 데려가려 하느냐
제물 진두 성지에서

언제나 주님은 자비로우셨지
내가 삶에 속아주고
스스로 견딜 길 없어
자신을 태질하고
가슴을 뜯을 때
그러다 울며 다가가서
손을 내밀었을 때
인간은 나를 탓했지만
바보라고 비난했지만
하느님은 그러지 않으셨네
그저 그 분은
바보인 나를
그래도 잘 했다 하시고
내 마음이 금이 가서 울 때
가만히 끌어안아 주셨다네
내 십자가 같이 져주셨다네

구원

어둠을 파헤쳐 보면
거기엔 역사가 있다
역사 안에 사건들이 있다
사건을 하나하나 들추어 보면
아하 이 사건이 나를
어떻게 주저앉혔는가
실마리가 풀리지
어떤 건 스스로 선택한 길에서
어둠은 탄생했지만
어떤 건 내 뜻이 아니게도
나를 구렁에 빠뜨렸지
새 어둠은 헌 어둠과 손을 잡고
나를 결박하더군
나는 발버둥질 하면서 튕겨나오려 했지
어둠이 덫을 놓아 내가 발버둥질 할 때마다
내 발을 깊이 상처 내었지
하느님은 나를 버려두지 않으셨다네
죽음의 올가미에서 날 구하신 그 분은
언제나 고요 안에 머무셨네
그 속에서 나를 지키시어

어둠을 이기게 하셨네
어둠 속에서도
생명의 꽃을 피우셨다네

선유도에서

흐리고 더운 공기에
여름의 나무들은 고요하다
강가 콘크리트 둔덕에
놀러 나온 두 마리 민물자라
아직도 한 마리는 떨어져
다른 한 마리를 바라본다
둘 사이의 거리가
점점 좁혀지는 하오의 선유도
산책에서 돌아오는 길에
둘은 어느 듯 가까워져
등이 반들반들 빛나는구나
저 멀리 높다랗게 서 있는
송전탑은 무얼 듣는가
사람과 사람 사이
나무와 나무 사이
한 마리의 자라와
다른 한 마리의 자라
사이에 일어나는 불길을
듣고 서 있는가 보다

윤사월·1

긴 봄이 왔다
겨울이 길고 추웠던 이들
시린 가슴의 결마다
차고 메말랐던 얼음 덩어리들
길고 긴 햇살이 깊이 깊이 침투하여서
깨기 시작했던 수 많은 금들 너머에는
무엇이 출렁였을까
햇살이 녹인 물이
고운 윤슬로 일렁이듯
마음은 어디로 달아나는가
묶인 저 마음은
어디로 달아나는가
자유와 희망이
꿈과 혁명이
넘실대는 물결마다
물고기들은 어디에서 떼지어 노니는가
우리들은 이 광대한 바다에서
무엇을 노래해야 할까
어제의 묶임은
어제의 절망은

어제의 두려움은
어제의 어리석음은
흘러 보내고 춤 추어야 하리
오늘의 화해를
오늘의 용서를
오늘의 사랑을
오늘의 하나 됨을 위하여
출항해야 하리

윤사월·2

비를 긋는 소리에
바람이 불어온다
지금은 한밤
비바람이 비린 산자락
풀잎내를 데리고 온다
마음은 천 길을 달리고
빗방울 속으로 걸어오는 추억은
어느 새 어깨가 젖어 옹송그린다
저마다 가슴에 하나씩 촛불을 켜고
이 밤은 그저 타오르는 불을 바라보며
촛농이 눈물 흐르듯 한 줄기 눈물
흘리고 말아야 할 적막에 감싸여
아무도 모르는 백지의 길 위에
서러운 시인의 탄식을 토하더라도
아무도 모르는 세상의 한 켠에서
잠들지 못하는 영혼의 촉을 밝혀
무딘 시대에 정을 꽂아
쩡쩡 때리며 쪼개어 가면
더욱 예리해지는 그 끝을
겨누는 팽팽한 긴장감 속에서

질기게도 이어온 목숨처럼
이어지는 언어의 광맥을 따라
깊이 더 깊이 보이지 않는 세계의
밀어를 채굴하러
너는 한 때 산 위에서
푸른 하늘을 이고 서 있었으나*
오늘은 깊고 깊은 어둠의 막장 끝에서
석탄의 거울 벽을 바라보며
거기에 박힌 너의 자화상
부끄럽지 않는 거울
너의 양심이 뿌옇게 흐리지 않게
반추하면서 억세게 내려가는 뿌리
그 거대한 뿌리는 깊이 깊이 내려
질긴 역사의 맥과 이어져
비바람에도 흔들림 없이
굳건하게 서 있기 위함이어니
굳건하게 서 있기 위함이어니

*북한의 영화 〈그는 탄부였다〉에서

윤사월·3

너는 나를 조소하여도 좋다
너는 나를 책망하여도 좋다

그저 주머니에 몇 푼 있으면
함께 나누어 먹고
함께 웃음꽃 피우고
함께 자주통일 외치고
그것으로 충분하다

그저 마음에 한 모타리
희고 물렁한 두부가 있으면
함께 깨끗이 씻고
함께 물컹하게 눈물 짓고
함께 위대한 양심을 지니고
그것으로 충분하다

나는 너를 한 번 더 믿어도 좋다
나는 너를 한 번 더 안아도 좋다

백영세탁소·1

작년 여름부터
한 집 두 집 이사를 갔다
대문이 굳게 잠기고
작은 정원에 풀이 무성하더니
골목길도 황폐해졌다
주인 없는 집 감나무에
감이 익고
대추가 익고
쓸쓸한 가을이 가고
세탁소 아저씨는
어디론가 떠났다
단층집들 부수고
주차장 짓는다고
자꾸만 내려치는 포크레인에
집들이 헐리는 동안
살던 이들의 온기를 찾으려
눈길을 더듬는다
해가 지고 넓다랗게 닦아지는 택지에
한 두 그루 감나무가 서 있다
다시 볼 수 없겠지

옷들을 빨아 널고
지나는 바람에 말려
습식다리미로
수십 년 다리고 다린
한 사나이의 삶
주름을 펴고
꼿꼿이 줄을 세워
반듯하고도 당당했던 삶

백영세탁소·2

삼십 년을 부부는
옷을 다리고
재봉틀을 밟았지
어느 가을 아내는
암수술 받으러 병원에 갔지
아저씨는 아주머니 대신
재봉틀에 앉아
천천히 함께 한 세월을
매만지고 있었지
깁으면서
박으면서
잘라내면서
슬픔을 이겼네
퇴원한 아주머니는 투병하느라
다시는 재봉틀에 못 앉으셨지
옷을 찾아가세요
주차장 공사로 이사 가요
사람들이 떠나고
마지막까지 남아서
다림질하던 아저씨

이웃들이 위로의 말을 건네던
가을이 가고
그 부부는 어디로 갔을까
노란 플래스틱 박스를 실은
오토바이도
커다란 기계 세탁기도
다림이대도
빽빽히 걸어둔 옷들도
휑덩그렁한 빈 터에서
새록새록 눈꽃 되어 피어난다
정답던 두 사람이 오늘은
다리미질도 하고
재봉틀에 앉아
남은 삶을 꼼꼼히 박는다

장미원시장 순대집

시장통 왼편
어느 한 가게 앞에
할머니는 하루 종일
온기를 품은 순대를 판다
비가 오는 날에도
눈이 오는 날에도
등받이 없는 의자에 앉아
오가는 사람들 기다리며
가게를 본다
족발을 썰어 담아두고
넓다란 나무 도마 위에는
맑은 날 햇살이 내리고
순대 담은 양은 채반이
뽀얗게 되는 정오에는
하나둘 손님들이 둘러싼다
순대도 썰고
내장도 썰고
간도 허파도
수북히 썰어 담는 바쁜 손에도
신이 나는 할머니

손님 기다리는 무료한 시간보다
더 즐거워지는 할머니
마지막에는 종이에 싼
고추가루 뿌려진 소금을
비닐봉지에 넣곤한다
허리춤에 찬 넓다란 앞치마 주머니에서
꺼낸 지전들을 세어볼 때는
함박꽃 피어나는 얼굴
그저 한 채반 팔고 나면
밤이 찾아오고
넓다랗게 드러난 채반에 남은
한 조각 간
누구는 팍팍한 간은 빼고 달라고
주문해도 원하는 대로 주시는 할머니
간도 허파도 다 팔고도
시원해지는 장미원의 하루가 저문다

장미원의 겨울

-단디 묶어 세워라

어느 늦가을 날
시장통을 지나다
가끔 가는 과일집 앞에 놓인
배추잎 가득 담은 상자
김장철이 다가와
마을 사람들은
무다 배추다 갓이다 사들이고
양념할 고추가루 젓깔을 고른다
김장을 담긴 해야하는데
엄두가 나지 않고
겨울은 자꾸만 다가오는데
이 배추잎 얼마에 팔아요
아 파는 게 아니고
왜 내 놓았나 안 팔 거면
생각하는데 아주머니는 망설이다
그냥 가져가세요 한다
예에 반문하면서
상자에 든 배추잎을 들어보는데
아이구 무거워라
친구를 주려했는데

전화도 없고 연락도 안 되네요
가져가세요
그냥 가져오기 미안해
몇 알 사과를 산다

싱크대 서랍에서
피자 박스 묶었던 끈을 꺼내
반은 시래기로 말리려 엮는데
어린 시절 담배를 엮은 기억이
배추잎새 펠 때마다 솟아오른다

황초집 작은 마당에 앉아
냄새나는 담배잎을 엮다보면
손가락은 담배진이 배어
적갈색으로 물들고
부지런히 다 엮는 줄을
고리에 꿰어 높다란 황초집 양쪽벽에다
정연하게 매다시던 아버지
무더운 여름날의 바쁜 손길
담배를 팔아 학교 보내주시던
나의 아버지는 작은 액자 속에서

말끔한 양복 입고 말이 없으시다

그 때의 아버지
담배감정 마치고
총대로 담배값 받아오면
담배하는 아버지들
한 방 가득 모여
도가에서 술 한 말 내어놓고
두부와 짠지에다 마시면서
전매청놈들
상품에서 중품으로
중품에서 하품으로
내려 먹이는 감정 불만도
걸쭉한 막걸리 몇 순배에
불콰하게 욕지거리 내뱉고
분노의 속을 서로 어루만지면서
내년 농사 다짐들 했네
제각기 신문지에 싼 담배값 품에 넣고
하나둘 굽실굽실 일어나 걸어나가는데
그 사랑방 아궁이 잉걸불
상처받은 농심을 훨훨 태워주었네

환영 속에서
어디선가 들려오는
아버지의 외치는 소리
야야 단디 엮어라
새끼줄에
담배 엮듯
배추잎 엮듯
사람들 마음
단디 묶어 세워라

차가운 바람이 불고
눈이 내리던 이른 아침
유난히도 맑은 새소리에
넓다란 베란다 문을 여니
철제 난간에 매달아둔 배추잎
물기가 빠져가고
그 아래 개똥지빠귀 한 마리
길다란 부리로 배추잎을 쪼아먹는다
그래 너도 먹어라
그저 받았으니
그저 먹어라

겨울이 깊어지자
점점 짧아지는 배추잎
개똥지빠귀여
아침마다 찾아오는
나의 새 이웃이여
이거라도 먹고
간고한 겨울을 잘 견뎌다오
내일은 낱알도 놓아 두어야겠구나

참시인을 기다리며

나는 만나련다 언젠가
참시인을
십년에 한 사람 온다는
바로 그 시인을
그는 어떻게 올까
평론가인 나는 설레인다

그는 살면서 상처를 많이 받아
마음이 너덜광이가 되어서도
흔들리거나 비겁하지 않고
사람을 있는 그대로 바라보는 시인
사물을 있는 그대로 바라보는 시인
타인의 마음을 함부로 침범하여
자기 걸로 만들려고 하거나
자기 입으로 말하려 하거나
자기 사람으로 부리려 하지 않고
타인의 정원을 가꾸는 사람
메마를 때는 물을 주고
병들어 있을 때는 낫게 하고
순들이 제멋대로 자랄 때 막아주어

마음이 진창에 들지 않게 하는
지혜의 시인이 오면
나는 참 좋겠네

빨간 크레용 태양

나는 희망을 말하려다
잠시 그 말을 가슴에 접어 두었지
그 말을 하면 달아날까봐
그러나 나는 말해야겠네

죽음을 앞에 둔 사람에게
저 세상에서 나중에 뵈어요

일터에서 권고사직을 당한 사람에게
당신을 알아주는 곳을 찾아요

사랑하는 사람에게
버림 받았다고 우는 사람에게
이제 곧 새 사랑이 찾아와요

자신마저 잊고 일 했는데
임금을 받지 못한 노동자에게
잃었던 당신 주체를 찾아와요

희망을 쉽게 말하면 싸구려 같지

그럼 어떻게 고급스럽게 말하나

내일 당신의 가슴 속에
한 송이 장미가
빨간 크레용 태양*처럼 필거예요

*연길에 살고 계신 정세봉 작가님의 단편소설 〈빨간 크레용 태양〉

고백

누군가는
내가 병을 지닌 채
홀로 되어
장애를 지닌 아들과 사는 걸
보는 것조차 힘들다고 했네

언제 내가 그를 만났던가
채 1년도 안 된 것 같은데
그가 왜 힘들다 하는가
그의 불평을 들어줄 만큼
나는 편하지 않다
쓸데없는 마음씀에
오히려 상처 받는 나
그에게 나 같은 사람이
풍경처럼 있는 건 좋지 않구나

그가 마음 써주지 않아도
내게 마음 써주는 사람들이
너무 많아서 나는
고백한다

오래 행복했다고
그리고 현재도
다가올 미래도
나는 늘 행복할 거라고

겨울날

영하 18도에서도
혈관은 얼지 않고 피가 흐른다
심장에서 박동하는 소리는
나를 즐겁게 한다
살아있음에 감사하며
물론 심장이 멈추어
가령 죽는다 하여도
끝이 없이
다시 어딘가에서
새로 시작하는 생을 상상하면서
인간이 무엇이기에 이렇게 돌보시나이까
그 말씀에 뜨거운 눈물 흘리며
마음에는 한 자루 초가
타오르는 겨울날
그저 추위를 피할 집과
이불 밑의 따뜻한 온기를 찾아
몸을 누이는 길고 긴 밤이 지나면
아침은 떠오르는 태양이 그리운
일월, 깊은 어둠을 들어내어
나날이 빛의 세례로
하얗게 나부끼는 나뭇가지가 된다

겨울의 낮

일찌기
저렇게 잘난 얼굴은 본 적이 없다
푸른 창유리 깔아놓은 허공에서
희게 빛나는 얼굴
거기에서 빛발이 나무 우듬지에 내려
빈 가지에 걸어놓으면
찬 바람에 떨던 겨울나무에도
정오의 시계탑에서 오르골이 울리면
모락모락 아지랑이 피어오를 게다
새들이 짹짹거리며 푸른 창유리를 두드릴 때
살며시 구름 속에서 얼굴을 내어미는
정오의 태양에게
아파트 짓는 공사현장
높다란 창틀에서
노동자는 눈이 시려 찡그리면서도
눈인사를 보낸다

무관의 왕

무관의 왕은 오셨네
세상에 정의를 꽃 피우러 오셨네
그 왕은 세상에서 버림 받았거나
가난하였고
적들의 칼을 피해
머나먼 남의 땅에서
모대기는 마음을
일심으로 모았네

탄식의 왕은
눈물의 왕은
부패와 불공정으로 얼룩진
역사의 밤에
잠들지 못하고
가슴을 두드리며 한 숨을 토하거나
한 줄기 눈물을 흘리며 울부짖다
동 터오는 새벽빛에
얼굴을 들고
드넓은 하늘을 마음에 담은 사람

절망과 고난의 밤이 가고
동지들과 분연히 일어나
스스로를 가둔 철창을 부수고
적들이 쳐놓은 올가미를
찢어발겨 낱낱이 드러내어
정의와 공정을 세우는 사람

한 사람의 무관의 왕은
그 많은 무관의 왕들을 묶어 세워
더럽혀진 땅을
깊이 갈아엎어
새 땅에 씨 뿌리는 사람
새 하늘에 깃발을 세워
펄럭이며 나아가는 사람
아 그 사람이 오셨네
무관의 왕들이 오셨네

아기 예수

금으로 만든 왕좌가 아니어도
님은
구유에 누워서도
인류를 구하신 분

실핏줄 비쳐 보이는 머리에는
왕관이 아니어도
님은
거룩한 영으로 기름부음 받아
그리스도라 불리우신 분

뭇 백성들과
신하들의 경축이 아니어도
님은
삼왕과
어린 목동들에게
하례를 받으신 분

어쩌자고
님은 오셨는가

괜시리
울적하여 눈물 짓는
가난한 내 마음에

찌르러기

저녁 무렵 나린 눈에
한 마리 찌르러기는
매달아둔 시래기잎
몇 입 쪼우다
휙 어디론가 날아간다
어쩌냐
눈이 이리도 하늘에서 내리고
너는 어디에서 잠들려느냐
엄동의 시린 날에도
배 고프지 않게
네 둥지에는 낱알이라도
쟁여져 있는 게냐
오늘 밤 문득 걱정이 되누나
눈은 하염없이 내리고
나뭇가지에 지은
네 집은 일 없겠지
간혹 소나무 잎새에
쌓인 눈 무게 버티지 못하고
서럽게 꺾이며 우는 가지처럼
누군가 이 밤에

베개에 얼굴을 묻고 우는 이에게
나는 말하련다
지금 우는 사람아
네 슬픔이 내일은
아침 햇살 아래
노랗게도
붉게도
눈꽃으로
웃음꽃으로 피고 질 거라고

첫눈 오는 날 삼각산에 올라

첫눈이 내리네
잊었던 그리움에 목이 메어
나는 오르네 산길을
나를 부르는 소리 따라가면
어느 새 그것은 고요의 소리였음을

평화의 소리는 가슴 깊이 울려
잊었던 것들이 돌아와 곁에 앉고
주저리주저리 옛이야기 엮다가
나뭇가지에 내린 눈에는
신의 눈물이 흐른 것일까
인간의 눈물이 흐른 것일까
땅으로
하늘로
가지가 뻗은 곳마다 흰 손들은
간절한 기도를 하는데
계곡에 흐르는 물소리에도
깨어지지 않는 고요는
어머니 삼각산의 품
나는 기도하려네
나는 기도하려네

눈 오는 밤에

나는 당신을 그린다
까만 머리에
하얀 눈 이고
먼 길 오시는 당신 손에는
한 웅큼 눈 뭉치를 들고 있네
외투 자락 펄럭이는 바람은
붉은 뺨에 스치운다
일 마치고 종종걸음으로
미끄러운 길 더듬더듬
내게로 온 당신은
한 송이 두 송이
눈꽃으로 피어
내 맘의 그늘 밝히고
울적한 눈빛 대신
불 타는 당신의 눈빛이
내 눈에 들어와
타닥타닥 타오르는 사랑
겨울에도 얼지 않고
땅을 겨누는 고드름 되어
당신과 내가 선 대지에서

쭉쭉 자라나더니
수정빛 걸어둔 방에는
투명한 마음의 노래가
밤새 흘러나오는 건
당신과 나의 마음이
길이 하나됨이라

골짜구니에 부는 바람

작곡 심종숙
작사 심종숙
편곡 한아름

사랑이 깃든 집을 꿈꾸며

이경수(문학평론가)

1.

오래전 함께 시를 쓰고 읽고 시인을 초청해 이야기를 듣기도 했던 한 모임에서 심종숙 시인을 처음 만났다. 대학도 달랐고 전공도 달랐지만 시라는 매개로 우리는 만났고 가끔 서로의 안부를 묻는 사이가 되었다. 심종숙 시인과 함께했던 시간 중 경북 청송 주왕산에 함께 창작 여행을 갔던 때가 기억난다. 청송은 심종숙 시인의 고향이다. 그곳에 주왕산이라는 아름다운 산이 있다는 이야기를 듣고 당시 시를 쓰고 읽으며 어울리던 일행은 창작 여행을 계획했던 것 같다. 어렴풋이 남아 있는 기억 속 풍경이다. 한 시절의 기억을 공유한 우리는 이후로도 가끔 안부를 묻곤 했다. 이십 대를 지나 삼사십 대를 통과하면서 각자의 삶의 무게로 고단하고 힘겨웠던 시간을 보냈고, 그러는 동안 많은 이들과 자연스레 연락이 끊기고 기억도 희미해졌지만 용케 시와는 멀어지지 않았다.

그 시절 함께했던 선후배 동료 중에는 시인이 된 사람도 있고 평론가가 된 사람도 있었지만 문학을 떠난 사람도 있었다.

지금은 소식이 끊긴 사람도 꽤 있고 이름조차 기억나지 않는 이도 있다. 그 무렵만 해도 심종숙 시인이 이렇게 지속적으로 시를 쓰고 시집을 내는 시인이 되어 있을 줄은 몰랐다. 시인이나 소설가가 된 사람보다 그렇지 않은 사람이 더 많았으니까. 심종숙 시인의 고단한 삶에 시가 운명처럼 찾아왔고 둥지를 틀어 이제는 시를 빼고는 그의 삶을 이야기하기 어려울 정도가 되었다. 시와 아들과 학업. 아마도 시인의 삶을 지탱해 주는 중요한 버팀목이 이 세 가지가 아니었을까 짐작해 본다. 여기에 종교를 하나 더 얹을 수 있을까? 결코 평탄한 삶은 아니었겠지만 시를 멀리하거나 포기하지 않고 기필코 시를 쓰면서 자신의 삶을 스스로 구원하고 있는 시인을 보면서 언젠가 한 번은 해설이라는 형식을 빌려 그의 글쓰기를 응원하고 싶다는 생각을 했다.

심종숙의 이전 시집들과는 달리 이번 시집은 사랑의 언어로 가득하다. 시인 스스로 사랑을 노래하고 싶었다고 말한 시집이다. 엄마의 시가 좀 더 따뜻하고 희망찬 사랑을 노래했으면 좋겠다는 아이의 바람을 담아 애써 사랑을 노래하려고 한 시집이다. 엄마의 마음과 아이의 마음이 고스란히 느껴지는 시집이 아닐 수 없다. 마치 플라타너스에 깃들어 사는 "두 마리 까치"(「시인의 말」)처럼 어쩌면 시는 그들 모자가 깃들어 사는 한 그루 거대한 나무일지도 모르겠다는 생각을 해 본다.

2.

　3부로 이루어진 이 시집의 1부는 '집을 위하여'라는 표제 아래 묶여 있다. 시인의 고향과 가족, 그 속에서 보낸 유소년기를 회상하는 시들로 1부가 구성되어 있다. 시인의 어머니와 아버지, 유년 시절 시인이 의지했던 '언대 아재', 가장이자 어머니로서의 몫을 살고 있는 고단한 현재의 시인, 남편, 아이까지 한때 가족이었거나 가족 같은 존재였던 이들, 현재의 가족이 1부의 시에 모습을 드러낸다. 집을 구성하거나 구성했던 이들이다. 플라타너스가 잎을 다 떨군 후에도 남아 있는 까치집처럼 어쩌면 시인에게 이들은 그런 존재들이 아닐까 싶다.

　　이를 물어본다 가족들의 얼굴이 스쳐가고 더 꽉 물어본다
　　그러다, 이끼리 빗나간다 삐걱소리가 귀에 들린다 마른 입에
　　침 삼키고 다시 한번 이를 물어본다 딱 마주친다 아랫니 웃니
　　서로 양보하지 않고 밟는다 턱이 아프고 관자놀이가 빠질 듯
　　하다 입 안에는 이가 없고 하나의 큰 못이 기둥처럼 박혀 무
　　거운 머리를 받치고 있다 턱이 당겨지고 목에 힘이 들어가고
　　어깨가 굳어진다 불안이 빳빳이 서기 시작한다
　　　　　　　　　　　　　　　　　　　　　　　　　-「Angst」전문

　"돌아오지 않는 날들 기다리다" 깜빡 잠이 들었던 시인은 "꿈속에서 고향의 앞산 참꽃을 한 아름 안고 산을 내려와 꽃내

맡으며 책상에 앉아 뒷동산의 무덤을 바라"보기도 했는데 "문득 잠에서" 깬 시인의 "눈가가 젖어 있"(「봄날」)었다. 운명처럼 기다림 속에서 평탄하지 않은 삶을 살 것을 예감하기라도 한 것일까? 청춘의 봄날 꿈꾸는 모습과는 달리 대개의 삶은 녹록지 않다. 시인은 오래전 그런 슬픈 예감을 가지고 있었는지도 모르겠다.

슬픈 예감처럼 시의 주체에겐 이 악물고 살아야 하는 날들이 더 많았다. 불안과 근심의 나날이 이어지지만 그는 "이를 물어본다". "가족들의 얼굴이 스쳐가고" 불안감은 더욱 커졌겠지만 그럴수록 "더 꽉 물어본다". "턱이 아프고 관자놀이가 빠질 듯하"고 "턱이 당겨지고 목에 힘이 들어가고 어깨가 굳어"지고 어김없이 "불안이 빳빳이 서기 시작"하지만 그럴수록 억지로 이를 악물고 힘을 내 본다. 살다 보면 힘든 일은 대개 겹쳐서 온다. 이래도 견딜 수 있는지 시험하기라도 하듯 몰아치곤 한다. 오십 중반을 살아오면서 시인에게도 그런 날들이 자주 불어닥쳤을 것이다. 그런 삶의 질곡을 시인이 어떻게 견디고 버텨 왔을지 짐작게 하는 시이다. 불안이 영혼을 잠식해 와도 불안에 영영 잠식당하지는 않으려 기를 쓰며 그렇게 시인은 살아왔을 것이다.

난 독한 종족이외다
얼어서 몸을 가를듯한 땅도 원망하지 않소이다
대궁이 서리 맞아 누렇게 말라 붙어도 눈물 없었습니다

눈 속에 묻혀 숨조차 쉬지 못해도 무심한 하늘을 바라만 보
았습니다

난 이를 물고 뿌리를 키웠습니다

나비가 날고 매운 인내도 바닥 날쯤 난 푸른 줄기를 키웁니
다

이렇게 멋진 난 백석 시인의 흰 손에 오르는 영광도 누렸습
니다

나를 자르다 쌓아둔 서러움 우는 새댁의 눈물도 보았지요

파꽃을 아시나요 그 왜 둥글고 씨방이 나와 있는 꽃말이예
요

그게 익어서 까만 파씨가 되지요

기억해 주세요 아주 매운 꽃이랍니다

울고 싶은 사람들 여기 모이세요

－「파 2」 전문

흰 뿌리와 푸른 줄기를 키워낸 파를 시의 주체가 "독한 종
족"이라 일컫는 까닭도 파를 통해 자신을 보았기 때문이겠
다. "얼어서 몸을 가를듯한 땅"에서도 "대궁이 서리 맞아 누렇
게 말라 붙어도" "이를 물고 뿌리를 키"우고 "푸른 줄기"를 키
우고 마침내 "둥글고 씨방이 나와 있는" "파꽃"을 피워 내는
모습은 서러운 고난 속에서도 주저앉지 않고 "매운 꽃"을 피
워 낸 시인의 모습과 자연스럽게 겹쳐진다. 울고 싶을 때면 파
를 썰며 그렇게 살아온 세월이 슬며시 비친다. 서러움의 눈물

도 흘렸겠지만 그래도 세상을 원망하지 않으며 마침내 시라
는 "매운 꽃"을 피워 내고야 마는 삶을 시인은 살아왔을 것이
다. 시인의 말마따나 "내가 밥 먹고 세수하고/헤어드라이기로
머리 말리고/옷 갈아입고 형광등 불빛 아래서/시를 읽기 위해
쓴 정직한 청구서"(「세금고지서」)를 지불하며 누구보다 성실
하게 살아왔을 것임을 짐작해 본다.

깨끗한 백고무신에
하얀 버선 신고
흰 바탕에 주황색 꽃무늬 깨끼저고리에
옥색 엑스랑 치마 입으시고
사일장 다녀오시는
어머니의 장보따리엔
작고 빨간 홍게가 들었지

작은 것도 큰 것도
서로 싸우지 않고
상 위에 올려놓고
뜯어서 발라먹고
껍질에 밥 말아 먹으면서 자랐지

그 장보따리엔
어물전 종이모네 들러

미역 한 두어 오리 사다

시름 접어넣고

마른 북어 몇 마리 넣어

툭툭 다듬이 방망이로 두들기면서

무쇠 솥밥 다 하면 잉걸불에 올린 간고등어 한 손

노릇노릇하게 잘도 구워내시는 어머니

시골 농부의 아내로서

동장댁 아내로서

안동 내앞 건너 사이골에서

푸르딩딩하고 기름내 나는 버스 타고

먼지 펄펄 나는 백리길 신작로

스물여덟에 시집 오신 어머니

낯선 청송 심씨네 사람 되기까지

할 말 다 못 하고 살았던

갈 곳 다 못 가고 살았던

쓸 것 다 못 쓰고 살았던

우리 어머니 삶이 녹아

봄이면 파꽃으로 소담히 피고

장 달이는 윤사월에는

짜리고 짜린 장내처럼

짭짤하게 익어 온 집안 가득

간 보고

간 맞추고

맛내고 살아오신 세월

아버지 밥상에 오른 멸치젓내

진하고 진하게 고춧가루와

송송 썬 어린 파에 버무린 멸치처럼

살이 몽글몽글 소금 배이어

땀방울 흘리면서도

굵어진 마디 손으로

꽉 끌어잡고 오신 장보따리 앞에서

웃음꽃 피는 아이들 눈동자에

어머니의 장길도 환해지시네

버선을 벗으며 걸어오신 그 길에

아픈 발도 찬찬히 주무르시네

-「영덕 홍게」 전문

　그렇다면 그런 단단함은 어디에서 오는 것일까? 몰아치는 고단한 삶 앞에서도 주저앉거나 무너지지 않으면서 세상을 원망하지도 않으면서 사랑으로 시인을 지탱케 한 힘은 어디에서 오는 것일까? 아마도 시인이 자란 고향과 어머니가 심종숙 시인에게 단단한 마음을 길러 주었을 것이다. 곱게 차려입고 "사일장 다녀오시는/어머니의 장보따리엔/작고 빨간 홍게가 들"어 있던 그 시절. "작은 것도 큰 것도/서로 싸우지 않고/상 위에 올려놓고/뜯어서 발라먹고/껍질에 밥 말아 먹으면서" 자란 그 시절이 있었기에 시인은 그토록 단단하게 닥쳐오는 시련의 시간을 견뎌온 것이겠다.

"시름 접어넣고/마른 북어 몇 마리 넣어/툭툭 다듬이 방망이로 두들기면서/무쇠 솥밥 다 하면 잉걸불에 올린 간고등어 한 손/노릇노릇하게 잘도 구워내시"던 어머니의 마음과 손길이 시의 주체에게도 고스란히 전해져 온 것일 터이다. "스물여덟에 시집"와 "낯선 청송 심씨네 사람 되기까지/할 말 다 못하고 ""갈 곳 다 못 가고" "쓸 것 다 못 쓰고 살았던" 세월이 시인의 어머니에게도 사무쳤을 것이다. 시골에서 식구를 거느리고 장을 담그고 집밥을 해 먹이면서 "살이 몽글몽글 소금 배이어/땀방울 흘리면서도/굵어진 마디 손으로" "웃음꽃 피는 아이들"을 위해 살아온 어머니의 사랑과 공들임의 시간이 있었기에 그 시간의 힘으로 심종숙 시의 주체는 살아가는 것이겠다. "웃음꽃 피는 아이들 눈동자에/어머니의 장길도 환해"진 것처럼 "아픈 발도 찬찬히 주무르"며 고단함을 잊은 그 시절의 어머니처럼 시인도 아픈 몸을 부여안고 아이와 함께 시를 빚어내며 그런 시간을 살아가고 있는 것이겠다. 고향과 집, 그곳에 있는 어머니는 고단한 삶을 살아가고 있는 시인을 미소짓게 하고 꿈꾸게 하는 곳이자 그리움을 갖게 하는 곳이다. 시인을 아프게 한 존재들이 살고 있기도 하지만 아픔에 함몰되어 주저앉거나 무너지지 않게 시인을 보듬어 주는 곳이기도 하다.

올 여름이 지나고 눈가엔 주름이 더 깊어졌습니다

갓 첫돌 지낸 아들이 장염으로 입원했습니다

혈관 찾는다고 울다 지쳐

병실로 보내져온 작은 몸뚱이가 서러웠습니다

아들이 퇴원하자마자

지병이 재발한 남편이 또 입원했습니다

시로 견뎌질 듯 머리 속을 맴돌던 말들이

압사 당하는 모습을 지켜보며 이를 꼭 물었습니다

시를 외면하게 권하는 일상이었습니다

정말 일상이 폭력이 되는 순간에 제가 서 있었습니다

그러나 신비하게도 그것들이 다시 시가 되어올 때

슬픔이 더욱 아름답게 빛나는 것이 아니겠어요

일상이 말의 옷을 입고 여백에 정렬하면

시인은 지상에서 가장 행복한 고민에 빠져든답니다

그리곤 귀한 옥동자를 낳는답니다

-「어떤 순간」 전문

"갓 첫돌 지낸 아들이 장염으로 입원"하고 "아들이 퇴원하자마자/지병이 재발한 남편이 또 입원"하는 고단한 삶이 시의 주체에게 몰아쳐 올 때면 "시를 외면하게 권하는 일상"을 살고 있다는 자각이 그에게도 찾아왔을 것이다. 그런데 "일상이 폭력이 되는 순간"을 수없이 경험하면서도 시의 주체는 시를 버리지 않는다. 그가 시를 버리지 않았기 때문에 시로부터 버림받지도 않는다. "신비하게도" "일상이 폭력이 되는" 고난의 순간들이 "다시 시가 되어" 오는 빛나는 순간은, 사실상 시인이 시를 버리지 않았기 때문에 찾아온 것이겠다. "슬픔이 더욱 아름답게 빛나는" 그 시간을 경험하며 "시인은 지상에서 가장 행복한 고민에 빠져"들고 마침내 "귀한 옥동자를 낳는"다. 고통으로부터 시가 솟아 나오는 이런 순간을 경험했기 때문에, 그리고 그 시간을 통해 고통의 시간을 견딜 힘을 얻을 수 있었기 때문에 심종숙 시인은 여전히 시를 쓰며 살아가고 있는 것이겠다. 시인이라는 아름답고 슬픈 천명을 감당하면서.

3.

2부의 시들은 '사랑을 위하여'라는 표제를 달고 있다. 2부의 시들뿐 아니라 이 시집에 수록된 시들은 사실상 사랑을 향하고 있다고 말해도 과언이 아닐 것이다. "내가 누운 땅은 축복받지 못한 곳/풀 한 포기 자라지 못했"(「역 44-철마는 달리고 싶다」)음을 인지하면서도 심종숙 시의 주체는 줄곧 사랑을 노래한다. 그리움의 힘으로, 지치지 않는 사랑의 눈길로 "생명을 부르는 오월의 하늘"(「오월의 하늘」)을 바라보고 "그리움을 태우며/밤을 지"샌 "가을 아침 하늘에 뜬 구름"(「구름은 홍조를 띠고」)을 바라본다. 사랑의 마음으로 바라보는 대상은 마르지 않는 그리움을 시의 주체에게 선사한다.

　　말해보아라

어쩌다 너의 끝이 여기였는지
나아갈 수 없어 발길을 돌리고야마는 바위
남몰래 그리움이 자라나 솟았구나

멀리 내려다 보이는 산과 들
뿌옇게 피어오르는 몇 줄기 연기와
철마다 올라오는 푸성귀 심은 밭

너의 발부리를 흐르는 물
멈춘 발자국에 묻은 시간으로
흘러들었지
나의 가슴에
너의 가슴에

-「몰운대 1」 전문

「몰운대」 연작시를 통해 시의 주체가 발견하는 것은 "남몰
래 그리움이 자라나 솟"은 바위이다. "나아갈 수 없어 발길을
돌리고야" 만 바위의 심정을, "남몰래 그리움"을 키우면서도
"끝"을 알고 돌아설 수밖에 없었던 그 마음을 보아 낸다. 경북
청송 주왕산 근처에서 자란 시인이기 때문일까. 심종숙 시인
은 자연의 풍경을 통해 자연의 마음을 읽어내고 그로부터 인
간사를 읽어낼 줄 안다. "지나간 시간도/다가올 시간도/네 발
부리에 걸려/멈춰선 이곳"에 서서 "그저/말없이 서 있"(「몰운

대 2」)는 몰운대를 바라보며 여기서 멈춰 선 몰운대의 마음과 그곳에 멈춰 서 있었을 수많은 사람들의 마음을 헤아려 본다. "나의 가슴"과 "너의 가슴에" 흘러들었을 수많은 이들의 발길이 닿은 그 시간을, 오래 멈춰 서서 생각했을 그들의 시간을, 그리고 "그리움에 가슴 앓다/구름이 되어/저 절벽을 뛰어내리다가/새가 되어 날아간 사람"(「몰운대 3」)의 시간까지도 읽어내고자 한다.

그이는 차가운 바람 부는 도시의
어디에서 걷고 있을까
어깨를 옹송그리고

메마른 바람이 어깨를 스치고 지나가고
진종일 겨울은 푸석거린 채
발아래 깔린다

가로수에 앉은 까치 두 마리
플라타너스 여인은 머리를 풀고
그 머리에 집을 짓는 까치여
플라타너스 사내의 가지는
삐쭉하여 빈 바람만 걸린다

당신은 그 아래를 서성이다

빛발이 쏟아질 때
두꺼운 외투를 입은 채
따사롭게 젖누나

-「까치와 플라타나스」 전문

  "첫눈이 오면/그때" 먹으라고 "떫은 대봉감을 사주며" "첫눈
오"는 시간을 기다리게 했던 "그이"(「대봉감」)가 시의 주체에
게도 있었다. 누군가를 기다리게 하고 희망을 품게 했던 시간
들. 거짓과 배반의 시간마저도 그러나 시의 주체의 사랑을 해
치지는 못한다. "다시 만날 날을 기다리며/설레는 마음을/한
마디 기도의 말로 접어 넣고/못다 한 한마디 말도 접어 넣어/
당신을 만나는 날 꺼내 놓"(「당신이 그리울 때는」)는 상상을
무너뜨리지는 못한다. 심종숙의 시에 종종 등장하는 "한 마리
까치가 되"(「한 마리 까치가 되어」)는 상상은 그리움에서 오는
것인지도 모르겠다.
  시의 주체는 "차가운 바람 부는 도시의/어디에서 걷고 있"는
그이를 생각한다. "어깨를 옹송그리고" "메마른 바람"을 맞으
며 겨울 도시의 차가운 바람을 견디고 있는 그이는 이 차가운
도시를 외롭게 살아가는 우리의 모습을 표상한다. "가로수에
앉은 까치 두 마리"를 바라보며 시의 주체는 "플라타나스" 한
그루를 상상한다. "플라타나스 여인"이 "머리를 풀고/그 머리
에 집을 짓는 까치"의 모습을. "플라타나스 사내의 가지는/삐
쭉하여 빈 바람만 걸"리기도 하겠지만 외로운 까치 두 마리에

게 "플라타나스" 한 그루는 아늑한 보금자리를 제공해 줄 것이
다. "그 아래를 서성이다/빛발이 쏟아질 때/두꺼운 외투를 입
은 채/따사롭게 젖"는 "당신"의 자리에는 누구나 올 수 있다.
심종숙 시의 주체는 외로운 까치들을 위해 기꺼이 자신의 품
을 내어주고자 한다.

> 창문을 여니
> 바람이 살갗을 찔러댄다
> 먼 산 바위에는 눈
>
> 바위야
> 너는 얼마나 차가우냐
> 나무야
> 너는 얼마나 몸이 아리냐
>
> 봄기운 대신
> 물어뜯는 한기에
> 산야는 얼었구나
> 그 틈에도
> 버들 강아지 꽃망울
> 부풀고 부푸는 입춘날
>
> 한 마리 까치

얼었던 바위를 깬다

얼었던 마음을 깬다

-「입춘 1」 전문

　길고 지독한 겨울을 보낸 이에게 봄기운은 더욱 사무칠 것
이다. 봄을 기다리는 시의 주체의 마음은 오지 않는 이를 기다
리는 사랑하는 이의 마음과 다르지 않다. "창문을 여니/바람이
살갗을 찔러"대는 아직은 겨울의 찬기가 가시지 않은 입춘날
"먼 산 바위에는 눈"이 여전히 남아 있다. 봄을 기다리는 시의
주체는 "먼 산 바위"에 공감하며 "너는 얼마나 차가우냐"고 묻
는다. 차가움을 느끼고 아림을 느끼는 것은 바위와 나무이기
전에 시의 주체일 것이다. 그러나 자연의 놀라움은 "그 틈에
도/버들강아지 꽃망울/부푸는" 봄기운을 어김없이 불러온다.
"한 마리 까치"가 "얼었던 바위를" 깨고 "얼었던 마음을" 깨는
풍경을 그로부터 시의 주체는 보아 낸다. 봄이 불러온 풍경이
자 시의 주체의 기다림이 불러온 풍경이 아닐 수 없다.

당신의 손끝에서

돋아나는 봄

혀끝이 먼저 알아

입맛이 돌았네

서러운 세월을

고운 베보자기 깔고

노란 콩가루 쓰고

푹 한 눈물 솥전에 흘리면

언 땅에 내린 굵고 흰 뿌리도

뭉글뭉글 씹힐테지

진한 조선간장에 버무려

짭짤한 살림살이

구수한 넉두리

낌이 되어

누덕누덕 불어오면

한 접시 수북히 담아

겸상에 올린다

두 그릇 이밥 위에는

김이 허옇게 올라

손님의 얼굴이 풀린다

한 저분씩 집어 올리면

당신의 수고가

냉이꽃 되어 피어오른다

-「냉이낌」 전문

시인이 그리는 봄은 "당신의 손끝에서/돋아나"기도 한다. 시골에서 자란 시인답게 심종숙의 시에는 고향의 음식이 종종 차려진다. "혀끝이 먼저 알아/입맛이 돌"듯 봄을 향한 기다림이 이렇게 봄을 불러오기도 한다. 봄이 올 무렵이면 "한 접시 수북히 담아/겸상에 올"리던 "냉이낌"이 "뭉글뭉글 씹"히는 감각과 "진한 조선간장에 버무려"진 짭짤한 맛과 함께 기억을 비집고 솟아오른다. "두 그릇 이밥 위에" "한 저분씩 집어 올리면" 냉이향과 함께 "당신의 수고가/냉이꽃 되어 피어오"르곤 했을 것이다. 고향의 음식과 고향 사람들이 환기하는 사랑의 기억이 심종숙의 시에는 단단히 뿌리를 내리고 있다.

4.

생의 고단함을 알고 그것을 이겨내게 하는 사랑 또한 아는 심종숙의 시는 한 발 더 나아가 '구원'을 노래하고자 한다. 시집의 3부가 '구원을 위하여'라는 표제를 달고 있는 까닭은 여기에 있다. 시를 통해 구원을 노래하기란 사실 쉽지 않은 일이지만 시인 스스로 시를 쓰며 자신의 삶을 구원한 경험을 한 까닭에 구원을 위한 노래를 부르고자 하는 것이겠다. 자연의 생명력과 어머니의 사랑과 신의 존재를 아는 시인은 자신이 시를 통해 구원받았던 것처럼 팍팍한 삶으로 고통받는 누군가가 자신의 시를 읽고 위로받았으면 좋겠다는 생각을 하는 것인지도 모르겠다. "사는 게 무서워지는 순간이 오면/나와 아들은 두 개로 선/십자가 되어 골고타 언덕에서 운"(「사는 게 무서워지는 순간이 오면」) 경험을 했던 시인이기 때문에 이런 바람을 품을 수 있었던 것은 아닐까.

당신의 넓디넓은 품에

안겨서 나는 잠들고 싶습니다

어머니 당신의 자장가가

파도 되어

찰싹찰싹 귓가를 두드릴 때

피아노 건반을 달려가는 소나타가

꿈 속으로 데려갑니다

당신의 깊고 깊은 가슴에 묻혀

세상의 풍파를 피하렵니다

그 깊은 곳에 고요한 평화가 내려

어지러웠던 영혼이 숨쉴 때

한 마리 거대한 어미고래는

피리를 불며 아가에게 젖을 먹입니다

바다여 어머니여

그 젖줄에 이르는 시는

하얗게 뿌리를 내려

때로는 바위를 쳐

하얗게 부서지다가

썰물에 끌려 들어가

넓은 세상을 끌어안습니다

-「바다 2-어머니」 전문

시집의 3부에 수록된 시들에는 바다가 자주 등장한다. 어머니를 생각하게 하는 상징으로서의 '바다'도 등장하지만 '소래포구'와 '월미도' 같은 특정 지명을 품고 있는 바다도 있다. 실제 지명이 등장하는 시에서 바다는 "아낙네들은 저마다 고무다라를 가지고/잡아올린 물고기들을 받으러 몰려"들고 "잡아가 든 망태기를 홀쩍 던져올리는/사나이"(「소래포구에서」)가 있는 구체적인 생활의 장소로 모습을 드러내기도 한다. 인용한 시에서는 "세상의 풍파"에 지친 시의 주체가 "안겨서" "잠들고 싶"은 "당신의 넓디넓은 품"의 표상으로 바다가 등장한다. 지칠 대로 지쳐 "세상의 풍파를 피하"려는 주체는 바다이자 어머니인 "당신의 넓디넓은 품" "깊고 깊은 가슴에 묻"히고, "그 깊은 곳에 고요한 평화가 내려/어지러웠던 영혼이" 비로소 숨을 쉴 수 있게 된다. "한 마리 거대한 어미고래"가 "피리를 불며 아가에게 젖을 먹"이듯 바다도 시의 주체에게 그런 안식의 시간을 선사한다. 그리고 마침내 바다의 시간을 통해 치유된 시의 주체는 "그 젖줄에 이르는 시"를 씀으로써 "넓은 세상을 끌어안"고자 한다.

옷을 찾아가세요
주차장 공사로 이사 가요
사람들이 떠나고
마지막까지 남아서
다림질하던 아저씨

이웃들이 위로의 말을 건네던

가을이 가고

그 부부는 어디로 갔을까

노란 플라스틱 박스를 실은

오토바이도

커다란 기계 세탁기도

다림이대도

빽빽이 걸어둔 옷들도

횅뎅그렁한 빈 터에서

새록새록 눈꽃 되어 피어난다

정답던 두 사람이 오늘은

다리미질도 하고

재봉틀에 앉아

남은 삶을 꼼꼼히 박는다

―「백영세탁소 2」 부분

시를 쓰는 행위를 통해 스스로 상처를 치유한 시인은 이제 주변으로 눈길을 돌린다. "작년 여름부터/한 집 두 집 이사를"가 "대문이 굳게 잠기고/작은 정원에 풀이 무성하더니/골목길도 황폐해"진 "집들이 헐리는" 동네와 그곳에서 "살던 이들의 온기를"(「백영세탁소 1」) 더듬는다. 한 동네에서 "삼십 년을" "옷을 다리고/재봉틀을 밟"다가 병에 걸려 "투병하느라/다시는 재봉틀에 못 앉"은 "아주머니"와 "사람들이 떠나고/마지막

까지 남아서/다림질하던 아저씨". 백영세탁소 부부도 결국 동
네를 떠날 수밖에 없었지만 시인은 남아 부부가 사라진 뒤에
도 남아 있는 "노란 플라스틱 박스를 실은/오토바이"와 "커다
란 기계 세탁기"와 "다림이대"와 "빽빽이 걸어둔 옷들", 그리
고 "다리미질도 하고/재봉틀에 앉아/남은 삶을 꼼꼼히 박는"
세탁소 부부의 모습도 그려낸다. 사라진 뒤에 남겨진 흔적을
좇는 일이야말로 시인에게 남겨진 몫임을 아는 것이다.

"시장통 왼편/어느 한 가게 앞에"서 "하루 종일/온기를 품은
순대를" 파는 할머니의 모습은 시인의 따뜻한 시야를 거쳐 "순
대도 썰고/내장도 썰고/간도 허파도/수북이 썰어 담는 바쁜
손에도/신이 나는 할머니"(「장미원시장 순대집」)의 모습으로
생기 있게 그려진다. 그런가 하면 "어느 늦가을 날/시장통을
지나다" 얻어온 배춧잎을 "반은 시래기로 말리려 엮"다가 "야
야 단디 엮어라/새끼줄에/담배 엮듯/배추잎 엮듯/사람들 마
음/단디 묶어 세워라" 외치는 "아버지"(「장미원의 겨울-단디
묶어 세워라」)의 소리를 듣기도 한다. 사람살이의 소중함을 알
고 사람의 마음을 헤아려 보는 시인의 따뜻한 시선은 이렇듯
유년의 체험에서 비롯된 것이 아닐까 싶다.

> 나는 희망을 말하려다
> 잠시 그 말을 가슴에 접어 두었지
> 그 말을 하면 달아날까봐
> 그러나 나는 말해야겠네

죽음을 앞에 둔 사람에게
저 세상에서 나중에 뵈어요

일터에서 권고사직을 당한 사람에게
당신을 알아주는 곳을 찾아요

사랑하는 사람에게
버림 받았다고 우는 사람에게
이제 곧 새 사랑이 찾아와요

자신마저 잊고 일했는데
임금을 받지 못한 노동자에게
잃었던 당신 주체를 찾아와요

희망을 쉽게 말하면 싸구려 같지
그럼 어떻게 고급스럽게 말하나

내일 당신의 가슴 속에
한 송이 장미가
빨간 크레용 태양처럼 필 거예요

-「빨간 크레용 태양」 전문

시인이 밝히고 있듯이 이 시의 제목인 '빨간 크레용 태양'은

연길에 사는 정세봉 작가의 동명의 단편소설 제목을 빌려온 것이다. 고통의 시간을 지나 이제 "희망을 말하"고 싶어하는 시의 주체는 희망이라는 말의 소중함을 누구보다 잘 알고 있기 때문에 "그 말을 하면 달아날까봐" "잠시 그 말을 가슴에 접어" 둔다. 그럼에도 그는 두려움을 이겨내고 애써 말한다. "죽음을 앞둔 사람", "일터에서 권고사직을 당한 사람", "사랑하는 사람에게/버림 받았다고 우는 사람", "자신마저 잊고 일했는데/임금을 받지 못한 노동자"에게 너무 쉽게 희망을 말하거나 영혼 없이 위로하는 말들이 "싸구려 같"고 아무런 위로를 주지 못한다는 사실을. 시인이 찾은 구원의 말은 다음과 같다. "내일 당신의 가슴 속에/한 송이 장미가/빨간 크레용 태양처럼 필 거예요". 아이의 언어를 닮은 말로 시인은 희망을 노래한다. 절망의 시간 속에서 오래 울었던 시인이기에 가능한 위로의 말일 거라 짐작해 본다.

5.

첫 시집 『역』에서 고통에 몸부림치면서도 쩌렁쩌렁 세상을 향해 외치던 시인의 목소리를 들려줬던 심종숙의 시는 이번 시집에서는 한결 단단해진 목소리로 자신의 상처를 응시하고 사랑과 구원을 노래하기 시작한다. 주변을 돌아보고 사라져 가는 이들을 돌보는 시인의 시선이 마침내 시인 스스로를 돌볼 수 있기를, 무엇보다도 시인에게 살아갈 힘을 줄 수 있기를 바란다. 상처를 준 세상을 냉소하기보다는 그런 세상마저 보듬을 줄 아는 온기를 그의 시가 지닐 수 있을 때 그 온기가 그의 삶에도 스밀 거라 믿는다.

"아무도 모르는 백지의 길 위에/서러운 시인의 탄식을 토하더라도/아무도 모르는 세상의 한 켠에서/잠들지 못하는 영혼의 촉을 밝혀/무딘 시대에 정을 꽂아/쩡쩡 때리며 쪼개어 가"고자 하는 심종숙 시인의 시가 "언어의 광맥을 따라/깊이 더 깊이 보이지 않는 세계의/밀어를 채굴"(「윤사월 2」)해낼 수 있기를 바란다. "마음이 너덜경이 되어서도/흔들리거나 비겁하지 않고/사람을 있는 그대로 바라보"고 "사물을 있는 그대로 바라보는 시인", "마음이 진창에 들지 않게 하는/지혜의 시인"(「참시인을 기다리며」)의 경지에 그가 이를 수 있기를 바란다. 그리하여 "불타는 당신의 눈빛이/내 눈에 들어와/타닥타닥 타오르는 사랑"으로 "당신과 나의 마음이/길이 하나"(「눈 오는 밤에」) 되는 아름다운 시간을 그가 살아낼 수 있기를 응원한다.

심종숙 시인의 세 번째 시집

까치와 플라타나스

초판인쇄 2022년 04월 28일   **초판발행** 2022년 05월 03일

지은이 **심종숙**
펴낸이 **이혜숙**   펴낸곳 **신세림출판사**
등록일 1991년 12월 24일 제2-1298호

04559 서울특별시 중구 퇴계로49길 14,
　　　충무로엘크루메트로시티2차 1동 720호
전화 02-2264-1972   팩스 02-2264-1973
E-mail : shinselim72@hanmail.net

정가 15,000원

ISBN 978-89-5800-245-1, 03810